Pablo Neruda
1904—1973

我喜欢你是寂静的：聂鲁达情诗集

〔智利〕巴勃罗·聂鲁达——著

王佳祺——译

浙江教育出版社·杭州

只 为 优 质 阅 读

好
读

Goodreads

目　录

二十首情诗和一首绝望的歌

Veinte Poemas de Amor y una
Canción Desesperada

第1首

女人的身体,洁白的山丘,白皙的大腿,
你交付自己的姿态像这世界。
我野蛮的农人的身体侵蚀着你,
让儿子从大地深处破土而出。

我曾孤独如同一条隧道。鸟儿们从我这里逃脱,
夜晚强有力地侵入我的身体。
为了存活,我将你当作武器一般锻造,
如同我弓上的箭,如同我弹弓中的石头。

但复仇的时刻到来,而我爱你。
肌肤的身体,苔藓的身体,贪婪且丰厚的乳汁的
　　身体。
啊,胸部的双杯!啊,迷离的双眼!
啊,阴部的玫瑰!啊,你缓慢又悲伤的声音!

我的女人的身体,将坚守你的美丽。
我的渴求,我无限的焦虑,我未抉择的道路!
黑暗的河道,永恒的渴求在其中行进,
疲劳在其中行进,同行的还有无尽的痛楚。

第2首

笼罩在光将息的火焰里。
你就那样，全神贯注，带着病态的苍白，
背对着围绕在你身边旋转的
黄昏的老旧螺旋桨。

沉默，我的朋友，
独自身处这死亡时刻的孤寂中，
又充满着火的生命力，
毁灭的白日的纯粹继承者。

一簇阳光落在你的黑色衣裙上。
夜的巨大根系
骤然从你的灵魂中生长出来，
隐藏在你体内的东西在外部重现，
如此，一个苍白且忧郁的民族
刚刚从你那儿出生，也以你为滋养。

噢！伟大、富饶、充满魅力的女奴，
位于黑暗和光辉的周而复始之中：
挺立着，尝试并实现了如此生动的创造，
以至于花朵落败，自己充满悲哀。

第3首

啊,浩瀚的松林,汹涌的涛声,
缓慢变幻的灯光,孤独的晚钟,
暮色落入你的眼中,玩具娃娃,
陆地的海螺,大地在你体内歌唱!

河流在你体内歌唱,我的灵魂藏匿其中,
正如你希望的那样,朝着你期望的方向。
在你的希望之弓上为我标出路线,
我将在迷惘中释放我的箭群。

在我周围,我看着你雾色一样的腰肢,
你的沉默驱赶我苦恼的时刻,
是你,和你透明石头的双臂,
我的吻在其中停泊,我潮湿的渴望在那里筑巢。

啊,你那被爱浸染且放大的神秘的声音,
在这响彻云霄的将尽的黄昏!
就在这深沉的时刻,我看到原野上
麦穗在风口中弯下了腰身。

第4首

风雨交加的早晨，
盛夏时节。

云朵漫游，像告别的白色手帕，
风用旅人的手轻轻把它们摇晃。

无数风的心
在我们恋爱的寂静之上跳动。

在树林中嗡嗡作响，如管弦乐队的奏鸣曲，如上
　　帝的天籁之音，
仿佛一种充满战争和歌声的语言。

风飞快掠走枯叶，
让鸟儿跳动的箭镞偏离了方向。

风将她推倒在没有泡沫的波浪中，
在没有重量的物质中，在倾斜的火焰中。

她无数的吻破碎，沉没，
被击倒在夏日之风的门前。

第5首

为了让你听见我，
我的话语
有时细弱
如同海滩上海鸥的痕迹。

项链，沉醉的铃铛，
都给予你那像葡萄一样柔软的双手。

我望着我远处的话语。
比起我的，更像是你的。
它们像常春藤一样在我的旧痛上攀爬。

它们沿着潮湿的墙壁攀爬。
你正是这场血腥游戏的罪魁祸首。

它们从我阴暗的藏身之处逃离。
你填满了一切，一切。

在你之前，它们居住在你所占据的孤独里，
它们比你更习惯我的悲伤。

现在我要它们讲出我想对你说的，
让你听到我想让你听见的。

痛苦的风仍然一如往常地将它们席卷。
梦的飓风仍然有时将它们击倒。

你在我痛苦的声音中听到其他的声音。
古老之口的哭声，古老祈求的血液。
爱我吧，同伴。不要抛弃我。跟随我。
跟随我吧，同伴，在这痛苦的浪潮中。

但我的话语中沾染着你的爱。
你占据了一切，一切。

我把它们做成一条无限的项链，
给予你那像葡萄一样柔软的双手。

第 6 首

我记得你在去年秋天的模样。
你是灰色的贝雷帽，是平静的心。
晚霞的火焰在你眼中争斗。
树叶飘落在你灵魂的水池。

你像一株藤蔓盘绕在我的手臂，
树叶收集你缓慢又平静的声音。
惊惶的篝火中燃烧着我的渴望。
甜蜜的蓝色风信子缠绕着我的灵魂。

我感到你的双眼在漫游，而秋天已经远去：
灰色的贝雷帽，鸟儿的鸣唱，房子般的心，
那是我深切渴望的迁徙之地，
也是我炭火般炙热的愉快亲吻落下的地方。

从船上仰望天空，从山丘遥看田野。
你的记忆由光而成，由云烟而成，由沉静的池塘而成！
晚霞燃烧在你的双眼深处。
干枯的秋叶回旋在你的灵魂。

第7首

倚身在那暮色中，我将我悲伤的网
撒向你海洋般的双眼。

在最高的火焰中
蔓延，燃烧着的我的孤独，像遇难者一样挥动着手臂。

我在你出神的双眼上留下红色印记，
你的眼中浪潮翻涌，一如灯塔四周的海水。

遥远的女人，你只守望着黑暗，
你的目光中不时浮现出恐惧的海岸。

倚身在那暮色中，我将我悲伤的网
撒向那片震撼你海洋般双眼的海洋。

夜鸟啄食初升的星星，
星光闪烁如同我爱你时的灵魂。

夜，骑在它暗色的马上驰骋，
让蓝色的谷穗散落在原野之上。

第8首

白色的蜜蜂——沉醉于蜂蜜——在我的灵魂上嗡鸣，
在烟雾缓慢的螺旋中旋转舞动。

我是那个绝望的人，是没有回声的话语，
失去了一切，也曾经拥有一切。

最后的缆绳，我最后的渴望在你身上沙沙作响。
在我荒芜的土地上，你是最后的玫瑰。

啊，沉默的人！

闭上你深沉的眼睛。夜在那里挥舞手臂。
啊，裸露出你那怯懦的雕塑一般的身体。

你那深邃的双眼，黑夜在其中展翅。
你那鲜活如花一般的双臂和玫瑰一样的怀抱。

你的双胸像洁白的蜗牛。
一只暗夜蝴蝶来到你的腹部入睡。

啊，沉默的人！

你不在的地方就是孤独的所在。

下雨了。海风追逐着漂泊的海鸥。

海水赤足走过被打湿的街道。
树叶抱怨那棵树，如同病人一般。

白色的蜜蜂，你不在，但仍旧在我的灵魂上嗡鸣。
你在岁月中重生，纤弱而沉默。

啊，沉默的人！

第9首

沉醉于松节油香和绵长的吻，
夏日，我驾驶玫瑰的帆船，
蜿蜒前行，驶向单薄日子的尽头，
根植在海洋坚固的狂热中。

面色苍白地被捆绑在吞噬一切的水中，
我在晴朗天气的酸涩味道中巡航，
仍然身着灰衣，声音苦涩，
还戴着一顶被弃浪花制成的悲伤头盔。

我，被激情折磨，骑上我独一无二的浪潮，
在月色中，在太阳下，在炽热和冰冷里，在突如
　　其来的时刻，
沉睡在幸运岛屿的咽喉中，
岛屿洁白柔软，一如丰润的臀部。

我以吻织就的衣服在潮湿的夜晚中
因电流满载而疯狂颤抖，
英勇地分裂成多个梦境，
醉人的玫瑰在我的身上践行。

上游，在外部的波浪中，
你平行的身体紧紧地被我抱在怀里，

像鱼一样无尽地依附于我的灵魂，
在天空下的能量中，迅速又缓慢。

第 10 首

我们还是错过了这个黄昏。
没有人看见今天下午我们紧握着手,
在湛蓝的夜色降临世界之际。

我从我的窗口看到
远处山丘上西风的庆典。

有时一片阳光像一枚硬币
在我的双手间燃烧。

我想起你时
心中被你熟知的我那悲伤占据。

彼时你在哪里?
身边有什么人?
在说些什么?
为什么全部爱意突如其来地涌向我,
当我感觉悲伤,感觉你在远方?

那本总是在黄昏时分拿出的书掉落下来,
我的披风像受伤的小狗,滚落在我的脚下。

你在下午离开，一如既往
朝着黄昏抹去雕像的方向。

第11首

几乎在天空之外，停驻在两山之间，
半个月亮。
旋转的、漂泊的夜，双眼的挖掘者。
多少星星在水塘中破碎。

在我的眉宇之间画下一个哀悼的十字架，又逃离。
蓝色金属的锻炉，无声战斗的夜晚，
我的心像一个疯狂的摆轮旋转不停。
来自远方的女孩，从如此遥远的地方一路而来，
有时在天空下闪烁她的目光。
哀怨、风浪、愤怒的旋涡，
在我的心上穿过，不做停留。
来自墓穴的风运送、摧毁、吹散你昏昏欲睡的根。
把另一边的大树连根拔起。
但你，清澈的女孩，烟和谷穗的质询。
是风用它被照亮的树叶塑造而成。
在夜晚的山峰的背后，洁白的火中百合，
啊，我无话可说！你形成于万物。

忧愁将我的内心一刀刀切碎，
是时候走另一条路了，在那里她不会微笑。
埋葬钟声的暴风雨，风浪混浊动荡不安，
为什么现在触碰她，为什么让她悲伤。

啊，走上远离一切的道路，
那里没有她在露水中睁开的双眼，
将痛苦、死亡和冬日阻隔。

第12首

我的心，有你的胸脯就足够，
你的自由，有我的双翼就足够。
那些沉睡在你心灵的东西，
从我的口中可以升上天空。

你就是我每日的幻想。
你的到来如同露珠掉落花冠。
你的缺席让世界更加空旷。
地平线像海浪一样，永远后退逃离。

我曾说过你在风中歌唱，
一如松树，一如桅杆。
你像它们一样，高耸且沉默。
又突然悲伤，如同一场远航。

你像一条熟悉的路，收容一切。
充满回声和怀乡之音。
我醒来了，沉睡在你灵魂的鸟群
有时会迁徙，藏匿。

第 13 首

我要用火的十字架慢慢做下标记，
在你身体的白色地图集上。
我的嘴像一只蜘蛛，悄悄穿行。
在你身上，在你身后，胆怯又渴求。

在黄昏的岸边讲给你听的故事，
悲伤又温柔的姑娘，为了让你不再悲伤。
一只天鹅，一棵树，遥远又快乐的事物。
葡萄的时光，是成熟的、收获果实的时光。

我曾经住在一个港口，在那里我爱上你。
孤独与梦想和寂静交织在一起。
受困于大海和悲伤之间。
在两个静止的船夫之间，沉默，迷离。

在嘴唇和声音之间，有什么在逐渐逝去。
它有鸟的翅膀，它是痛苦之物，也是遗忘之物。
如同不能盛水的网。
我的娃娃，几乎没有留下水滴在颤抖。
然而，在这些转瞬即逝的话语中，有什么在歌唱。
有什么在歌唱，有什么攀升到我如饥似渴的嘴巴上。
噢，可以用所有快乐的话语把你赞扬。
歌唱，燃烧，逃离，宛如疯子手中的钟楼。

我忧伤的情意结啊，你突然变成了什么？
当我到达最危险和最寒冷的峰顶时，
我的心像夜晚的花朵一样紧闭。

第 14 首

你每日与宇宙的光嬉戏。
纤巧的来访者，你来到花中，来到水里。
你不仅仅是我捧在手中的洁白面颊，
更像我每日双手间成簇的果实。

从我爱上你，你便是独一无二的。
让我把你舒展在黄色的花环之中。
谁用烟之字符在南方的群星之中写下你的名字？
啊，让我提醒你彼时的你是什么样子，在你还不
　存在的时候。

骤然间狂风呼啸，击打着我紧闭的窗。
天空是一张布满暗色鱼群的网。
所有的风在这里倾泻而出，所有的。
大雨裸露。

众鸟飞过，逃匿。
风，风。
我只能与人类的力量对抗。
风暴把深色的树叶卷起旋涡，
散落了所有昨晚停泊在天空的船只。

你在这里。啊，你没有逃离。
你会回应我直至最后一声呼喊。
你在我身边蜷缩，仿佛感到恐惧。
然而，在你的眼中一度划过一丝奇怪的阴影。

现在，现在也如此，我的小人儿，你将忍冬带给我，
甚至你的双乳也沾染它的香气。
当悲伤的风呼啸而过，杀死了蝴蝶，
我爱你，而我的喜悦咬住你梅子一样的嘴唇。

适应我，适应我孤独而野蛮的灵魂，适应我这个
　　所有人躲避的名字，
那一定使你痛苦。
我们看过那么多次星辰燃烧，彼时我们亲吻着彼
　　此的眼睛，
在我们的头上，暮色在旋转的风扇中散去。

我的话语如雨水落在你的身上，轻抚着你。
从很久之前，我就爱着你阳光下珍珠一样的身体。
甚至我觉得你是宇宙之主。
我将为你从山上带来幸福的鲜花，风铃草，
暗色的榛子和盛着亲吻的野篮。

我要对你
做春天对樱桃树做的事情。

第 15 首

我喜欢你是寂静的，因为仿佛你不在，
你在远处聆听我，我的声音触碰不到你。
仿佛你的眼睛已经飞离你远去，
也仿佛一个吻封住了你的嘴唇。

由于万物充满我的灵魂，
你从万物中浮现，充满我的灵魂。
梦之蝴蝶，你就像我的心灵，
你像忧郁本身。

我喜欢你是寂静的，因为你仿佛身在远方。
你仿佛在抱怨，喁喁私语的蝴蝶。
你在远处聆听我，我的声音无法到达你身边：
让我和你的沉默一起静默。

让我也同你的沉默交谈，
明亮如同一盏灯，简单如同一枚戒指。
你像夜晚，沉默不语，繁星密布。
你的沉默如星星，如此遥远又如此简洁。

我喜欢你是寂静的，因为仿佛你不在。
遥远和痛苦如你，仿佛你已死去。

彼时一个词，一个微笑足矣。
我很欢喜，欢喜这一切并不是真的。

第 16 首

（意译自泰戈尔的作品）

黄昏时分在我的天空中你仿佛一朵云，
你的颜色和形状刚好是我喜欢的样子。
你是我的，你是我的，嘴唇柔软的女人，
我无尽的梦想都驻扎在你的生命里。

我灵魂的灯光让你的双足都染上玫瑰色，
我酸涩的葡萄酒在你的双唇上变得甜美：
噢，我黄昏之歌的收割者，
我孤独的梦多么深刻地感觉到你是我的！

你是我的，你是我的，我要在午后的微风中呼喊，
而风卷走了我丧偶的声音。
我双眼深处的狩猎者，你的掠夺
使得你夜晚的目光平静如水。

你被俘获在我的音乐织就的网中，我的爱，
我的音乐之网像天空一样广阔。
我的灵魂诞生在你哀伤的双眼的岸边。
在你哀伤的眼中，梦想之地开始成形。

第 17 首

思念着，在深深的孤独中让影子缠绕。
你也身处遥远，啊，比任何人都遥远。
思念着，放飞鸟儿，模糊影像，
埋葬灯火。
海雾的钟楼，如此遥远，高高耸立！
抑制哀伤，耗尽了暗淡的希望，
忧郁的磨坊主，
夜晚向你倏然而至，远离城市。

你的出现与我无关，对我而言陌生如同一件物品。
我思考，我长途跋涉，在你之前我的生命。
在任何人之前我的生命，我坎坷的人生。
面对着大海，在岩石之间的呼喊，
自由地，疯狂地奔跑在大海的水雾之中。
悲伤的愤怒，呐喊，大海的孤独。
放肆的，暴力的，伸向天际。

你，女人，你曾作为什么在那里？在那把巨大的
    扇子上
是什么条纹？是什么扇骨？彼时的你如同此刻一
    样遥远。
树林中的火！燃烧成蓝色的十字架形状。
燃烧，燃烧，火焰闪烁，在光的树林中火光闪闪。

崩塌，噼啪作响。火，火。
而我被火星灼烧的灵魂，翩翩起舞。
谁在叫喊？什么寂静布满回声？
思念的时刻，快乐的时刻，孤独的时刻，
所有的时刻中我的时刻！

在风的一路歌唱中吹响号角。
欲哭的激情束缚住我的身体。
所有树根的震动，
所有海浪的袭击！
快乐，悲伤，无止境地流浪着，我的灵魂。

思念着，在深深的孤独里将灯火埋葬。
你是谁？是谁？

第 18 首

我在这里爱你。
在黑暗的松林里，风解脱了束缚。
月亮在漂泊的水面上泛起粼粼波光。
岁月一如既往，互相追逐。

雾气消散，化作了舞者的形象。
一只银色的海鸥在夕阳下滑落。
有时是一片帆。高高地，高高地挂在天上的星辰。

或者一只船的黑色十字架。
形单影只。
有时清晨醒来，连我的灵魂都湿漉漉的。
远方的大海海浪声声，阵阵回响。
这是一个港口。
我在这里爱你。

我在这里爱你，地平线徒劳地将你隐藏。
身处于这些冰冷的事物中，我依然在爱着你。
有时我的吻乘着那些重型船只，
它们漂洋过海，驶向无法到达的地方。

我已被遗忘，如同这些老旧的锚。
当午后停靠的时候，码头更加悲伤。

我无用的饥饿的生命感到疲惫。
我爱我没有的东西。你在如此遥远的地方。

我的厌倦与缓慢的暮色抗争。
但见夜幕降临，开始为我歌唱。
月亮旋转着她梦的轮盘。

最大的那些星星借着你的双眼望向我。
因为我爱你，风中的松林，想要用它们的针叶唱
　　出你的名字。

第 19 首

黝黑又灵巧的女孩，形成果实的太阳，
让麦粒饱满、让水藻弯曲的太阳，
造就了你明媚的身体，你明亮的双眸，
你有着水一样微笑的嘴巴。

当你伸出双臂，
一个黑色的，热切的太阳在你的黑发上滚落成一
    缕缕发丝。
你和太阳嬉闹，如同和一条小溪玩耍，
它在你的眼睛里留下两道幽暗的死水。

黝黑又灵巧的女孩，没有什么能让我接近你。
你的一切让我远离，如同远离中午。
你是蜜蜂的狂乱的青春，
海浪的陶醉，谷穗的力量。

然而，我忧郁的心在寻找你，
我爱你明媚的身体，爱你松弛而纤细的声音。
甜美而坚定的黑蝴蝶，
像麦田和太阳，罂粟和水。

第 20 首

今夜我可以写下最悲伤的诗句。

写下，就像："夜晚繁星密布，
蓝色的星辰，颤抖在遥远的夜空。"

夜晚的风在天空中飞旋吟唱。

今夜我可以写下最悲伤的诗句。
我曾经爱她，有时她也爱我。

多少个这样的夜里，我曾拥她入怀。
在无垠的穹宇下我一遍遍地亲吻她。

她曾经爱我，有时我也爱她。
怎么能不爱恋她坚定的双眸。

今夜我可以写下最悲伤的诗句。
想到我不再拥有她，感到我已失去了她。

我聆听这广袤的夜，她不在，夜晚更加广袤无际。
诗句落入心灵，如同露珠没入草地。

我的爱无法将她留下，那又如何。

夜晚繁星漫天，而她不在我身边。

到此为止了。远方有人在歌唱，在远方。
失去了她，我的心满是惆怅。

为了走近她，我的目光在寻找她。
我的心在寻找她，而她不在我身边。

又是一个月色把树木镀上白光的夜晚。
而如今的我们，早已不是曾经的模样。

我已经不爱她了，是的，但我曾经多么爱她。
曾几何时，我的声音试图乘风而行，到达她的
　　耳边。

属于别人了，如同曾经那属于我的双唇一样，将
　　属于别人了。
她的声音，她洁白的身体。她深邃的双眼。

我已经不爱她了，是的，但也许我还爱她。
爱那么短暂，而遗忘却那么漫长。

因为在多少个这样的夜里，我曾拥她入怀，

失去了她，我的心满是惆怅。

虽然这是她带给我的最后的痛苦，
而这，也许是我为她写下的最后的诗句。

绝望的歌

对你的回忆从我所处的夜晚浮现出来。
河流将它顽固的哀鸣与大海联结在一起。

被抛弃如同黎明时分的码头。
是时候离开了。噢，被抛弃的人！

冰冷的花冠纷落在我的心上。
噢，瓦砾遍布的阴沟，遇难者的残忍洞穴！

战争和羽翼都在你这里累积。
歌唱的鸟儿从你那里竖起羽翼。

你吞没了一切，就像远方。
像大海，像时间。在你的身上沉没一切！

那曾是欢聚和亲吻的欢乐时刻。
像灯塔一样闪耀的惊愕时刻。

领航员的焦虑，盲人潜水员的狂怒，
迷离的爱的沉醉，在你的身上沉没一切！

在迷雾的童年里，我受伤的灵魂扑扇双翼。
迷路的探险者，在你的身上沉没一切！

你将自己缠绕于痛苦，你让自己沉迷于欲望。
悲伤将你击倒，在你的身上沉没一切！

我让阴影的墙后退，
我一路前行，超越了欲望和行动。

噢，心肝，我的心肝，我挚爱过又失去的女人，
在这个潮湿的时刻，我在回忆你，在为你歌唱。

你像一只杯子，盛着无尽的柔情，
而无尽的遗忘将你打碎，如同打碎一只杯子。

是黑色，那些岛屿的黑色孤寂，
而在那儿，爱恋的女人，你把我搂入怀中。

那曾经是饥渴交加，而你曾是水果，
那曾经是痛苦和废墟，而你曾是奇迹。

啊，女人，我不知道你如何包容了我
在你灵魂的土地，在你双臂的环绕里！

我对你的欲望那么可怕又短暂，

那么动荡又沉醉，那么紧张又那么贪婪。

众吻的墓地，在你的坟墓里仍有火焰，
一串串果实仍在燃烧，被群鸟啄食。

噢，被咬过的嘴，噢，被吻过的肢体，
噢，饥饿的牙齿，噢，交缠的身体。

噢，希望和力量的疯狂交合，
我们在其中融合又绝望。

而柔情，轻如水、如面粉。
话语停留在唇边。

那曾是我的命运，我的渴望在那里游走，
而我的渴望也陨落其中，在你的身上沉没一切！

噢，瓦砾遍布的阴沟，在你的身上陨落一切，
你不曾表达出的痛苦！未曾淹没你的海浪！

海浪汹涌中你仍在燃烧和歌唱。
像一个水手立在船头。

你仍旧花开成歌，你仍旧破浪而出。
噢，瓦砾遍布的阴沟，打开的苦涩的井。

苍白的盲人潜水员，不幸的投石手，
迷路的探险者，在你的身上沉没一切！

是时候离开了，这艰难而寒冷的时刻，
夜将它固定于所有的时刻表。

大海喧闹的海岸线环绕着海岸。
寒星升起，黑鸟迁徙。

被抛弃如同黎明时分的码头。
只有颤抖的影子在我手中盘绕。

啊，超越一切。啊，超越一切。

是时候离开了。噢，被抛弃的人！

船长的诗

Los Versos del Capitán

前言

这本书的匿名引发了广泛讨论，而我内心深处的讨论是，我是否应该将它从与亲密关系密切相关的起源中剥离出来：揭示它的起源无异于将诞生它的亲密关系公之于众。我不认为这样的举动忠于爱情和愤怒的冲动，以及忠于孕育这本书的流放之地忧伤和炽热的气氛。

此外，我认为所有书籍都应该匿名。但在将我的名字抽离我所有的作品和将其交还给这本最神秘的书的抉择中，我终究妥协，尽管我并不是非常情愿如此。

为什么长久以来我让这本书处于匿名的神秘之中？不为了什么，但也可以说为了一切；为了此地的，也为了远方的；为了不合时宜的欢乐，也为了他人的痛苦。当那位闪闪发光的朋友保罗·里奇于1952年在那不勒斯首次将这本书付梓时，我们都觉得那为数不多的几册——经他精心跟进和细心筹备——会风过无痕，不会在南部的沙滩上留下任何痕迹。

但事实并非如此。曾让它悄然引发关注的命运，今天又强迫我承认它——作为那份不可撼动的爱情的再现。

于是我将这本书交付出来，不做任何解释，仿佛它属于我，但又不属于我：只要它能够独自行走于世间、自行生长，便已足够。此刻我认得它，我希望它愤怒的血液也认得我。

巴勃罗·聂鲁达

1963 年 11 月于黑岛

爱
▼

El amor

大地在你身上

小小的
玫瑰，
小小的玫瑰，
有时，
小巧而赤裸，
似乎能容纳在我的一只手中，
刚刚好，我就这样圈握着你，
把你送到我的嘴里，
但是，
忽然间，
我的脚触碰了你的脚，我的唇触碰了你的唇，
你已经长大了，
你的肩膀隆起犹如两座小山，
你的双乳在我的胸膛上游走，
我的手臂勉强环绕住
你腰部纤细的新月线条：
在像海水一样的爱意中，你得以释放：
我勉强测量天空中最宽阔的眼睛，
我俯身向你嘴边，亲吻大地。

女王

我将你任命为女王。
有人比你更高挑，更加高挑。
有人比你更纯洁，更加纯洁。
有人比你更美丽，更加美丽。
但你才是女王。

当你走在街上，
没有人认识你。
没有人看到你的水晶王冠，没有人注意
你所经之地脚下踩着的红金地毯，
并不存在的地毯。

而当你出现，
我体内的所有河流
都滔滔作响，
钟声震天撼地，
一曲赞歌充满世界。

只有我和你，
只有我和你，我的爱人，
我们一同聆听。

陶艺工人

你的整个身体具有
为我打造的曲线或者温柔。

当我举起手，
我发现每个地方都有一只鸽子
在寻找我，
仿佛它们制造了你，亲爱的，用黏土制造了你，
为我自己的这双陶艺工人之手。

你的双膝，你的双乳，
你的腰身，
那是我身上所不具有的，如同
干涸大地上的空洞，
从大地中剥离出
一种形状，
而我们一起时
我们是完整的，就像一条河流，
像一粒沙。

九月八日

今天，是酒杯斟满的一天，
今天，是滔天巨浪的一天，
今天，是整片土地。

今天波浪翻滚的大海
在一个吻中将我们托举得
如此之高，让我们颤抖
在一道闪电的光芒中，
我们绑在一起，下降
直到沉没，一直没有解开。

今天我们的身体变得广阔，
扩张到世界的尽头，
它们滚动融化，
变成一滴
烛泪或流星。

你我之前开启了一扇新的门，
彼时，有一个面容不辨的人，
正在那里等着我们。

你的脚

当我无法看你的脸时，
我就看你的脚。

你那双骨骼拱起的脚，
你那双坚硬的小脚。
我知道它们支撑着你，
而你那纤柔的重量
就那样立于它们之上。

你的腰身和你的胸部，
你乳头的
深紫色，
你那刚刚腾飞的
眼窝，
你那果实一般的大嘴，
你的红色秀发，
我的小小塔楼。

但我爱你的脚，
因为它们行走
在大地上，
在风中，在水里，
一路找到我。

你的手

当你的双手离开，
亲爱的，朝着我的双手而来，
它们一路飞来给我带来了什么？
为什么在我嘴里
停了下来，突然之间，
为什么我认得它们
仿佛彼时，此前，
我曾触碰过它们一般，
仿佛在此之前
它们曾掠过我的额头，绕过我的腰？

它们的柔润飞驰而来，
飞过时间，
飞过大海，飞过烟雾，
飞过春天，
当你把双手放在我的胸口，
我认出了那双
金色鸽子的翅膀，
我认出了那黏土
和小麦的颜色。

我终其一生
一路行进将它们寻找。

我登上台阶，
我穿越公路，
我乘坐一列又一列火车，
一条条河流将我带来至此，
在葡萄皮上，
我感觉触碰到了你。
树木突然
带给我你的触感，
杏仁向我宣告
你秘密的温柔，
直到你的双手
在我胸前合拢，
在那里，如同两只翅膀
结束了它们的旅程。

你的笑容

拿走我的面包吧，如果你想的话，
拿走我的空气吧，但是
不要从我这里拿走你的笑容。

不要从我这里拿走那朵玫瑰，
不要拿走你剥落外壳的长矛，
不要拿走在你的快乐中
突然迸发的水流，
不要拿走为你而来的
银色激浪。

我的战斗艰苦卓绝，
有时目光所及是毫无变化的土地，
因而双眼疲惫地飞行，
但当你的笑容进入视野，
升上天空寻找我，
为我打开所有的
生命之门。

我的爱人，在至暗时刻
你的笑容绽放，而如果突然
你看到我的血浸染了
街上的石头，

笑吧，因为你的笑容，
会成为我手中
决绝的剑。

在秋天的海边，
你的笑应该掀起
水花四溅的瀑布，
而在春天，亲爱的，
我想要你的笑容
一如我期待的花，
蓝色的花，玫瑰
来自我回声嘹亮的祖国。

你笑夜晚吧，
笑白昼吧，笑月亮吧，
笑岛上
弯曲的街道吧，
笑喜欢你的那个
笨拙的男孩吧，
但当我睁开
双眼，又闭上，
当我的脚步离开，
当我的脚步回来，

你可以拒绝给我面包和空气，
光和春天，
但永远不要拒绝给我你的笑容，
因为这样我会死去。

善变的人

我的目光追随着
一位经过的黝黑女孩。

她由黑色的珍珠母做成，
由紫色葡萄做成，
她将我鞭挞出血
用她火焰的尾巴。

这一切
我一路追随。

一位白皙的金发碧眼女郎经过，
如同一株金色植物
摇曳着她的独特风姿。
而我的嘴巴跟随而去，
如同波浪
在她的胸口释放
血的闪电。

这一切
我一路追随。

但朝向你，我一动不动，

我看不见你，身处远方的你，
我的血液和我的吻奔赴而去，
我的黝黑女郎和白皙女郎，
我的高挑姑娘和小巧姑娘，
我的胖女孩和瘦女孩，
我的丑人，我的美人，
你由所有金子
和所有白银做成，
由所有小麦
和所有土地做成，
由所有的海浪
之水做成，
你为我的双臂而做成，
为我的吻而做成，
为我的灵魂而做成。

岛屿的夜

整夜我与你共眠，
在海边，在岛上。
你狂野又甜蜜，在快乐和梦境之间，
在水和火之间。

可能已经很晚了，
我们的梦境联结在一起，
在顶部或在底端，
在高处像被同一阵风摇动的树枝，
在低处如同彼此碰触的红色树根。

也许你的梦境
离开了我的梦境，
而在阴暗的海上
你将我寻找，
一如往常，
彼时你尚不存在，
当我还没有看到你，
我航行在你身边，
而你的双眼正寻找着
如今的
——面包，酒，爱和愤怒——
这一切我丰厚地赠予你，

因为你就是那酒杯
在等待着我生命的礼物。

我与你共眠
整夜，与此同时
暗黑的大地
与生者和死者一起旋转，
在忽然醒来之际，
在阴暗中，
我的手臂环绕着你的腰。
夜晚或者梦境
都不能将我们分离。

我与你共眠，
醒来时，你的嘴
让我感受到大地的味道，
海水的味道，海藻的味道，
你生命深处的味道，
我收到了你的吻，
它被黎明浸湿，
仿佛来自
环绕着我们的大海。

岛屿的风

风是一匹马：
听它如何奔跑
穿越大海，穿过天空。

它想带我走：听
它如何走遍世界
带我去远方。

把我藏在你的怀抱中吧，
就今夜，
这一刻雨水
向着大海和陆地
击碎它无数的出口。

听风如何
呼唤我，一路疾驰
为了带我去远方。

你的额头抵靠着我的额头，
你的嘴覆在我的嘴上，
我们的身体系在
燃烧着我们的爱情上，
让风经过

而不带走我。

让风奔跑，
头戴泡沫的工冠，
让它呼唤我，寻找我，
在阴影中疾驰，
而我，沉入
你那双大眼中，
就今夜，
我将歇息，我的爱人。

无限的人

你看到这双手了吗？它们曾丈量过
土地，区分过
矿石和谷物，
制造过战争与和平，
摧毁过
所有海洋和河流之间的距离，
然而，
当它们游走在你身上，
小女孩，
麦穗粒，百灵鸟，
它们无法拥抱你，
它们疲于追逐
在你胸前或停留或飞翔的
那一双白鸽，
走遍你的双腿，
蜷缩在你腰部的光线中。
于我而言，你是珍宝
比大海和它的分支更为广袤，
你是白色的，蓝色的，
广阔如同葡萄成熟时节的大地。
在那片场域中，
从你的双脚到额头，

行走，行走，行走，
我将如此度过一生。

美人

美人，
如同在泉水流过的
清凉石头上，水流
绽开泡沫广阔的光影闪烁，
一如你脸上的笑容，
美人。

美人，
纤细的双手和细瘦的双脚
如同一匹银色的小马，
你行走着，人间之花，
一如我看到你的样子，
美人。

美人，
一个铜丝缠成的巢穴
在你的头上，一个巢穴，
深色蜂蜜的颜色，
我的心在那里燃烧和停滞，
美人。

美人，
你的脸盛不下你的双眼，

大地也盛不下你的双眼，
国家和河流
在你的眼中，
我的祖国在你的眼中，
我从它们之中走过，
它们照亮世界，
我行走其中的世界，
美人。

美人，
你的双乳好像
谷物丰盈的大地和金色月亮制成的面包，
美人。

美人，
你的腰
被我的手臂变成一条河，
在千年的时光里流淌过你的身体，
美人。

美人，
没有什么能比拟你的双臀，
可能在大地

某个隐秘的地方存在吧，
你身体的曲线和芳香，
可能在某个地方存在吧，
美人。

美人，我的美人，
你的声音，你的皮肤，你的指甲，
美人，我的美人，
你的存在，你的光，你的影，
美人，
这一切都是我的，美人，
这一切都是我的，我的美人，
你行走或者休息，
你歌唱或者睡去，
你痛苦或者渴望，
永远，
你靠近或者远离，
永远，
你是我的，我的美人，
永远都是。

失窃的树枝

夜晚我们将进入，
窃取
一根开花的树枝。

我们将翻越围墙，
在别人花园的漆黑中，
阴影里，两个影子。

冬天还没离去，
而苹果树
突然变成
香气四溢的星光瀑布。

夜晚我们将进入，
直至颤抖的苍穹，
而你小小的手，和我的手
将去窃取那些星辰。

悄悄地，
朝着我们的家，
在夜晚，在阴影中，
芬芳的无声的脚步
和你的脚步一起，

和星光璀璨的双脚一起，
进入春天清澈的身体。

儿子

啊儿子，你知道你从哪里来吗？
你知道吗？

从一片有海鸥的湖泊而来，
白色的，饥饿的海鸥。

在冬日的水边，
我和她生起
一堆红色的篝火，
我们的嘴唇相互摩擦，
亲吻着彼此的灵魂，
我们把一切都丢入火中，
燃烧着我们的生命。

你就这样来到了世界上。

但她，为了见我，
也为了有一天能见到你，
她漂洋过海，
而我为了拥抱
她那纤细的腰
走遍整片大地，
历经战争和山脉，

穿过沙砾和荆棘。

你就这样来到了世界上。

你来自这么多地方，
来自水中，来自大地，
来自火焰，来自冰雪，
从那么遥远的地方一路走来，
走向我们两人，
从猛烈的爱出发，
它将我们锁在一起，
我们想知道
你是什么样子，你对我们说什么，
因为关于我们给你的世界，
你知道得更多。

像一场暴风雨，
我们摇动
生命之树，
一直摇动到最隐蔽的
底部须根，
而此刻你出现了，
在枝叶中歌唱，

在我们和你一起抵达的
最高的树枝上。

大地

绿色的大地臣服于
一切黄色的事物，黄金，收获，
田地，树叶，谷物，
但当秋天升起，
伴随着它巨大的旗帜，
我看到的是你，
于我而言，是你的秀发
将谷穗分开。

我看到
古老的碎石遗迹，
但如果我触摸
石头的疤痕，
你的身体给我回应，
我的手指，突然间，
颤抖着指认出，
你热烈的温柔。

我走过新近
被泥土和烟火
授勋的英雄之间，
而他们后面的，悄无声息的，
迈着碎步的，

是你，或者不是你？

昨天，当他们
连根拔起，为了看它，
那棵老矮树，
我看到你出来看着我，
从饱受折磨的，
干渴的树根中。

当睡意来临，
展开我的身体，把我带入
我自己的寂静之中，
一股巨大的白色的风
摧毁了我的睡意，
树叶纷纷从梦中落下，
像把把刀子一样落于我身，
我血流如注。

每一个伤口，
都是你嘴巴的形状。

缺席

我几乎未曾离开过你，
你走近我，晶莹剔透，
或颤抖不停，
或躁动不安，因被我所伤，
或盛满爱意，当你的眼睛
紧闭在我不停地给你的
生命的礼物之上。

我的爱人，
我们发现自己
处于干渴中，我们已经
饮尽所有的水和血，
我们发现自己
处于饥饿中，
我们互相撕咬，
如同火焰灼烧
给我们留下伤口。

但请为我等待，
为我保留你的温柔。
我也会给你
一朵玫瑰。

欲
▼

El deseo

虎

我是虎。
我在树叶间窥探你，
树叶宽阔如同
湿矿的铸块。

白色的河
在大雾中河水上涨。你到来了。

你赤身沉没。
我等待。

然后，
在火焰、鲜血、牙齿的一跃中，
我一举撕扯下了
你的胸，你的臀。

我饮你的血，
逐个扯下你的四肢。

我留在丛林中
多年守望，
你的骨头，你的骨灰，
一动不动，没有

恨意和愤怒，
我在你的死亡中卸下武装，
被藤蔓缠绕，
在雨中静默不动，
我是守护嗜血爱情的
无情哨兵。

秃鹰

我是秃鹰，我飞翔在
行走的你的上空，
忽然，
在风，羽毛，鹰爪的飞旋中，
我攻击你，将你举起
到飓风般寒冷、
呼啸的旋风中。

我带你到我的雪塔，
到我的黑色巢穴，
你独自生活，
你覆满羽毛，
飞翔在世界上空，
一动不动，高高在上。

雌鹰，让我们跃向
这红色猎物，
我们将撕裂
蓬勃跳动而过的生命，
让我们一起开始
我们狂野的飞行。

昆虫

从你的臀到你的脚，
我想做一次漫长的旅行。

我比一只昆虫还渺小。

我将越过这些山丘，
燕麦色的山丘，
它们有着只有我才认识的
细小痕迹，
厘米长的烧痕，
白蒙蒙的远景。

这里有一座山。
我永远不会离开它。
噢！多么巨大的苔藓！
一座火山口，一朵
湿润的火焰玫瑰。

顺着你的腿，
我盘旋而下，
或在途中睡觉，
我来到你的膝盖，
圆润，坚硬，

如同到达明亮大陆的
坚硬的峰顶。

我滑向你的双脚，
直到你尖头的，
缓慢的，半岛形的
脚趾的八个缝隙，
从它们到
白色床单的空旷，
我盲目地落地寻找着，
渴望着
你那滚烫的瓮一般的轮廓。

怒
▼

Las furias

爱

你怎么了，我们怎么了，
我们发生了什么？
啊，我们的爱是一条捆绑着我们的
粗绳，伤害着我们，
如果我们想要
走出我们的伤口，
想要分开，
它会把我们绑成新的结，让我们
一起流血，一起燃烧。

你怎么了？我看着你，
什么也没有发现，除了一双
毫不出奇的眼睛，一张
相比我亲吻过的众多美丽嘴唇，毫无特色的嘴巴，
一个和那些滑落在
我身体之下的胴体一般没有留下任何回忆的身体。

你多么虚空地走过世界，
如同一只小麦色的水罐，
没有空气，没有声音，没有实体！
我在你身上徒劳地寻找，
以我手臂的深度
在地下不停地挖掘：

在你的皮肤下，在你的眼底，
虚无，
在你隆起的双乳下，
仅有
一股晶莹的水流，
它不知道为什么一路歌唱一路流动。
为什么，为什么，为什么，
我的爱人，为什么？

永恒

在我之前
我没有妒忌。

来吧，即使你背上
带着一个男人，
来吧，即使在你发间有一百个男人，
来吧，即使在你的胸和双脚之间有一千个男人，
来吧，即使像一条
满是溺水男人的河流
遇见汹涌的大海，
永恒的泡沫，时间！

把他们都带到
我等你的地方：
我们将永远独处，
永远你和我二人
独自在大地上
开始生活！

偏离

如果你的脚再次偏离，
它会被砍断。

如果你的手指引你
走向另一条路
它会腐烂掉落。

如果你把我从你的生命中驱逐，
你会死去，
尽管你还活着。

你会继续如行尸走肉，或生活在黑暗中，
游走在大地上，没有我的陪伴。

问题

亲爱的，一个问题
已经将你摧毁。

我已经回到你身边，
从荆棘的无常中回来。

我想让你笔直如同
剑或道路。

但你坚持
保留我不喜欢的
一个阴影的转角。

我的爱人，
理解我吧，
我爱你的一切，
从眼睛到双脚，到指甲，
到内在，
所有的清澈，你所保留的清澈。

是我，我的爱人，
敲响你的门的人是我。

不是鬼魂，
不是此前驻足
在你窗前的人。
我踢倒了这扇门；
我进入你全部的生命：
我来到你的灵魂中生活：
你不能同我一起。

你必须一扇扇地打开门，
你必须服从我，
你必须睁开双眼
让我在其中寻找，
你要看我如何
带着沉重的脚步行走
在所有的道路上，
那些盲目的，等待着我的道路。

不要害怕我，
我是你的，
但是
我既不是旅客也不是乞丐，
我是你的主人，
是你所等待的那个人，

现在我进入你的生命，
再也不会离开，
亲爱的，亲爱的，亲爱的，
我会留下来。

浪女

我从所有的女人中选择了你，
让你可以在大地上
效仿
我那与谷穗共舞的心，
或者必要时不顾一切地战斗。

我问你，我的儿子在哪里？

我没有寄希望于你，认出自己，
并对自己说："请呼唤我到大地上
去继续你的斗争和你的歌曲。"不是吗？

把我的儿子还给我！

你把他忘在了
欢愉之门的门口，噢，浪女，
仇敌，
难道你忘记了你是来参加这个约会，
这个最隐秘的约会，我们两个人，
在此结合，我们将继续
由你的嘴讲出，我的爱人，
啊，所有那些
我们不能讲给对方的话？

当我在血与火的浪潮中
托举起你时，生命
在我们之间复制，
记住，
有人在呼唤我们
用从未有过的方式，
而我们却不回答，
我们开始变得孤独而胆怯，
在我们所拒绝的生活面前。

浪女，
打开门，
让你心中
那个死结
解开，让它
和你我的血液一起
飞过世界！

伤害

我伤害了你，我的灵魂伴侣，
我让你的灵魂痛苦。

理解我吧。
所有人都知道我是谁，
但这个"我"
对你来说，
还是一个男人。

在你身上我摇晃，跌倒，
我燃烧着起身。
众生中的你
有权
看到我的软弱。
而你
面包和吉他的小手
一定要触摸我的胸膛，
当它要出去战斗之时。

这就是为何我在你身上找寻坚固的石头。
将我粗糙的双手钉牢在你的血液中，
寻求你的坚定
和我需要的深度，

如果我一无所获，
除了你金属般的笑声，如果我没有发现任何
能够支撑我艰难脚步的事物，
爱人啊，接受
我的悲伤和愤怒，
我敌对的双手
对你稍加破坏，
好让你从黏土中站起，
为我的战斗而重生。

井

有时你会下沉，会坠落
到你的沉默之洞，
到你骄傲的愤怒之渊，
而你几乎无法
返回，仍旧带着
你在存在深处发现的
片片碎块。

我的爱人，你在自己封闭的井里
发现了什么？
海草，沼泽，岩石？
心怀怨念又饱受伤害，
你用那双盲眼看到了什么？

我的爱，你不会
在你跌入的井中找到
我在高处为你保留的东西：
一束带着露水的茉莉花，
一个比你的深渊更深的吻。

不要害怕我，不要再次坠入
你的愤怒之中。

甩落我那前来伤害你的话吧，
让它飞出敞开的窗外。
它会再次伤害我，
不用你的指挥，
因为它承载着艰难的瞬间，
而那一瞬间将在我的胸中消解。

对我灿烂地微笑吧，
如果我的嘴伤害了你。

我不是童话中
温柔的牧羊人，
我是一个好樵夫，与你共享
大地，风和山中的荆棘。

爱我吧，对我微笑吧，
帮我成为一个好人吧。
不要伤害我心中的你，那徒劳无功，
不要伤害我，因为那也是在伤害你自己。

梦

漫步于沙滩，
我决定离开你。

我踩在
蓬松颤动的黑色泥土上，
陷进去又出来，
我决定让你离我而去，
你压在我身上
像一块锋利的石头，
我计划你的消失
一步一步：
切断你的根，
将你独自放飞在风中。

啊，在那一刻，
我的心上人，一个梦
用它恐怖的翅膀
将你笼罩。

你感到被泥土吞噬，
你一次次呼唤我，而我没有赶去，
你离开，一动不动，
没有自卫，

直到淹没在沙砾之口。

随后，
我的决定遇到了你的梦，
从那场
打碎我们灵魂的破裂中，
我们再度出现，纤尘不染，一丝不挂，
我们相爱，
没有梦，没有沙，
完整而明亮，
以火封存。

如果你将我遗忘

我希望你知道
一件事情。

你知道的：
如果我在窗前
看着
和缓秋天的晶莹的月亮，红色的枝条，
如果我在火边
碰触
细薄的灰烬
或者木柴皱缩的躯干，
一切都把我引向你，
就像所有存在的事物一样，
芳香，光线，金属，
都是航行的小船
驶向等待着我前来的你的岛屿。

然而，
如果你逐渐停止爱我，
我也会逐渐停止爱你。

如果突然
你将我遗忘，

那么不要寻找我，
我也会把你遗忘。

如果你觉得
经过我生命的
旗帜之风漫长又疯狂，
而你决定
把我留在
我的根系所在的心河岸边，
你知道
在那一天，
在那一刻，
我将举起我的双臂，
我的根将会离开
去寻找另一片土地。

但是
如果每时每刻，
你觉得你注定属于我，
带着无限的柔情蜜意，
如果每天
都有一朵花爬上你的双唇寻找我，
啊，我的爱人，啊，我的心上人，

在我身上，所有的火焰都会重新点燃，
不会被熄灭也不会被遗忘，
我的爱被你的爱滋养，亲爱的，
只要你活着，它就会在你的怀抱里，
也在我的怀抱里。

遗忘

所有的爱在一个杯子里，
宽如大地，所有的爱
和星辰一起，和荆棘一起，
我给了你，但你
用你纤小的脚，穿着脏了的高跟鞋
走在火上，把我的爱扑灭。

啊，伟大的爱，我的小小爱人！

我没有止步于战役。
我没有停止为所有人向生活迈进，
向和平迈进，向面包迈进，
但我把你举到我的怀中，
我把你钉在我的吻里，
我看着你，就像不会再有
人类的眼睛望向你。

啊，伟大的爱，我的小小爱人！

彼时你没有测量我的身长，
这个为了你抛弃血，麦，
水的男人，
你却误以为是

落入你裙中的小虫。

啊，伟大的爱，我的小小爱人！

不要指望我从远处
回头看你，保存好
我留给你的东西，
带着我背叛的照片一起漫步，
而我将继续前行，
对抗阴影开辟宽阔的道路，
松软大地，将星辰分给
到来的人。

你停在路上吧。
你的夜晚已经到来。
也许拂晓时分
我们会再次相见。

啊，伟大的爱，我的小小爱人！

女孩

你们这些寻找伟大的爱的女孩，
恐怖又伟大的爱，
发生了什么，女孩们？

也许是
时间，时间！

因为现在，
它在这里，你们看它如何流逝，
拖拽着天上的石头，
打碎花朵和叶子，
发出斑驳的泡沫的声音，
撞击你世界中所有的石头，
带着精液和茉莉花的气息，
在流血的月亮旁边！

而现在
你用你的小脚触碰水面，
用你小小的心，
而你却不知做什么！

某些夜晚的旅行，
某些地方，

某些有趣的漫步，
某些没有过多意义的舞蹈，
好过
继续这趟旅程！

你因恐惧或寒冷而死，
或因怀疑而死，
我将大步流星
找到她，
在你体内
或离你很远的地方，
而她也会找到我，
那个不会在爱情面前颤抖的人，
那个将与我
融为一体的人，
生死相依！

你来过

你未曾让我痛苦，
只是让我等待。

那些混乱的
时光，充斥着
蛇，
当
我的灵魂坠落，我陷入窒息，
你走了过来，
赤身裸体，满身抓痕，
你血淋淋地来到我的床前，
我的新娘，
然后
整个晚上我们睡着
走路，
而当我们醒来
你完好无损，宛如新生，
仿佛梦中的疾风
又一次
燃烧了你的头发，
你的身体沉入小麦和银子之中
直到变得炫目。

我未曾痛苦，我的爱人，
我只是在等着你。
你需要改变你的心
和目光，
在触碰过我的胸膛交给你的
深沉的海域之后。
你需要从水中离开，
纯净得像夜晚的海浪中
升起的一滴水。

我的新娘，你需要
死去又重生，我在等着你。
寻找你我并不痛苦，
我知道你会来，
从一个我不爱的女人
变成一个让我爱慕的全新的女人，
依旧是你的眼，你的手，你的嘴，
但是另一颗心
清晨在我的身边醒来，
仿佛她一直在那里
要一直追随着我一起。

生
命

▼

Las vidas

山河

在我的祖国有一座山。
在我的祖国有一条河。

和我一起来。

黑夜爬上山冈。
饥饿进入河水。

和我一起来。

遭受苦难的人们是谁？
我不知道，但是他们是我的同胞。

和我一起来。

我不知道，但他们呼唤我，
告诉我"我们在受难"。

和我一起来。

他们告诉我："你的民族，
你那位于山河之间的
饱受饥饿和苦难的

不幸民族，
它不想独自战斗，
它在等着你，朋友。"

噢你，我爱的你，
我的小人儿，
红色的麦粒，
战斗会很艰苦，
生活会很艰苦，
但你会和我一起。

贫穷

啊，你不想，
贫穷
吓坏了你。

你不想
踩着破鞋子去巾场，
穿着旧衣服回来。

亲爱的，我们不爱
贫苦，
就像富人希望的那样。我们
会像拔掉一颗
至今仍啃咬人心的坏齿一般除掉贫穷。

但我不希望
你害怕贫穷。
如果它因我之过而进入你的住处，
如果贫穷赶走了
你的镶金鞋子，
那么不要让它赶走你的笑声，那是我生命的食粮。
如果你无力支付房租，
那么踏着骄傲的步伐出去工作，
亲爱的，想想我正看着你，

我们在一起便是
大地之上有史以来所积聚的最大财富。

众生

啊，你和我一起
时常觉得如此不适，
我，男人中的胜利者！
因为你不知道
和我一起的成千上万张你看不见的脸
大获全胜，
数千双脚，数千颗壮志凌云的心与我一起前进，
我不是我，
我并不存在，
我只是那些与我同行的人的前锋，
我更强大，
因为我身上背负的
不是我一个小小的生命，
而是所有人的生命，
我坚定地向前走，
因为我有一千只眼，
我用石头般的力量击打，
因为我有一千只手，
我的声音能够传到
所有土地的边缘，
因为那是所有人的声音，
那些不说话的人，
那些不歌唱的人，

今天他们用这张
吻你的嘴歌唱。

旗帜

和我一同起来吧。

没有人像我一样如此希望
停留在
枕头上，在那里，你的眼帘想要为我关闭
整个世界。
在那里我也想让
我的血液围绕着你的甜蜜
沉睡。

但是起来吧，
你，起来吧，
和我一同起来，
我们一起出去
以血肉之躯作战，
对抗邪恶的蛛网，
对抗造成饥饿的制度，
对抗苦难之源的组织。

走吧，
你，从我的黏土中刚刚诞生的你，
我的星辰，往我身旁。
你会找到你隐藏的源泉，

在火中，你将
在我身旁，
用你桀骜的双眼，
高举我的旗帜。

士兵之爱

在战事正酣之际，生命引领着你
成为士兵之爱。

穿着寒酸的丝绸衣衫，
指甲上装饰着假宝石，
轮到你踏上火海。

来这儿吧，流浪的人，
来饮我胸前的
红色露水。

曾经你不想知道你身处哪里，
你曾是舞会的一员，
你没有政党，也没有国家。

现在你走在我身旁，
你看到你的生命与我同行，
身后就是死亡。

你再也不能穿着你的丝绸套装
在大厅里起舞了。

你会磨破鞋子，

但你会在行进中成长。

你必须在荆棘上行走，
留下滴滴血水。

再吻我一次吧，爱人。

把枪擦干净吧，同志。

不只是火

啊，是的，我记得，
啊，你紧闭的双眼，
仿佛里面盛满了黑色的光，
你的整个身体像一只张开的手，
像一束皎洁的月光，
还有狂喜，
当一道闪电劈杀我们的时候，
当一把匕首从根部刺伤我们的时候，
和一束光折断我们的头发的时候，
当
我们再一次
重获新生的时候，
仿佛我们从大海中走来，
仿佛我们从海难中走来，
我们带着岩石和红色海藻造成的满身伤痕
归来。

但是
还有其他的记忆，
不仅仅是火中的花朵，
还有突然出现的
小小花蕾，
当我在火车上

或者走在街巷时。
我看到你
在洗我的手帕，
将我的破旧袜子
挂在窗前，
看到你的身影，其中所有
所有的快乐如同一簇火焰
坠落，却没有将你摧毁，
再一次，
成为平凡日常的
小女人，
重新成为人，
谦卑的人，
高傲且贫穷，
你必须如此，为了不变成
被爱情的灰烬抹去的
转瞬即逝的玫瑰，
而是全部生活，
与肥皂和针尖共舞的生活，
有着我喜欢但
我们可能不会拥有的厨房的香气，
在那里，你的手淹没在炸薯条中，
你的双唇在冬天里歌唱，

当烤肉出现，
对我来说，那将是
尘世中幸福的永恒。

啊，我的生命，
我们之间燃烧的不只是火，
而是全部的生活，
简单的故事，
一个女人和一个男人的
简单的爱，
和所有人一样。

逝者

如果突然间你不再存在，
如果突然间你不再活着，
我将继续生活下去。

我不敢，
我不敢写下，
如果你死去。

我将继续生活下去。

因为在人类不能发声的地方，
那里，有我的声音。

在黑人被棒打的地方，
我不能死去。
当我的兄弟们进了监狱时，
我会和他们一起。

当胜利，
不是我的胜利，
而是伟大的胜利
到来的时刻，
哪怕我哑了，也要说话：

哪怕我瞎了，我也将目睹胜利的到来。

不，原谅我吧。
如果你不再活着，
如果你，亲爱的，我的爱人，
如果你
已经死去，
所有的树叶会落在我的胸前，
雨水会日夜击打我的灵魂，
雪会灼烧我的心，
我将与寒冷，火焰，死亡和大雪相伴同行，
我的双脚会朝着你长眠的地方前进，
但是，
我将继续活着，
因为在所有的品质中，你最希望的是我能够
百折不挠，
而且，亲爱的，因为你知道我不仅是一个人，
我是所有人。

小小美洲

当我看着地图上
美洲的形状，
亲爱的，我看到了你：
你头上青铜的峰顶，
你的双胸，小麦和雪，
你纤细的腰身，
流动的河流，甜蜜的
山丘和草地，
在南方的寒冷中，你的双脚构成了
它那蕴藏着丰富黄金的土地尽头。

亲爱的，当我触摸你时，
我的双手抚遍的
不只是你的欢愉，
还有树枝和土地，果实和水，
有我爱的春天，
有沙漠的月亮，有野鸽子的
胸脯，
被海水或河水打磨的
石头的柔润，
还有饥渴在其中伺机而动
荆棘丛生的
红色密林。

就这样，我辽阔的祖国，
小小美洲，在你的身体之上欢迎我。

还有，当我看到你躺下时，
我在你的皮肤上，在你燕麦色的皮肤上看到，
我亲爱的民族。
因为炙热的
古巴砍蔗人
从你的肩头
望着我，满身黑色的汗珠，
而颤抖的渔民们
在岸边潮湿的房子里
从你的喉咙里
向我唱出他们的秘密。
就这样沿着你的身体，
亲爱的小小美洲，
土地和人民
打断了我的吻，
而你的美丽
不仅点燃了
燃烧在我们之间那永不熄灭的火焰，
而且伴随着你的爱呼唤我，
通过你的生命

给予我所缺少的生命，
在你的爱情中加入泥土的味道，
那是等待我的大地之吻。

颂
歌
与
萌
芽

▼

Oda y Germinaciones

1

你嘴巴的味道和你皮肤的颜色，
皮肤，嘴巴，这些飞逝的日子里我的果实，
告诉我，它们不停地在你身边，
经年累月，一场场旅途，一次次日升月落，
大地，哭泣，雨水和欢乐，
还是只有现在，只有现在，
它们从你的根系中离开，
就像水给干旱的土地带来
它未曾察觉的萌芽，
或者像泥土的味道在水中
上升到被遗忘的陶罐的罐口？

我不知道，不要告诉我，你不知道。
没有人知道这些事情。
但把我所有的感官靠近
你的皮肤之光，你消失了，
你融化如同
水果的酸甜香气，
道路的炎热，
脱粒玉米的味道，
纯净午后的忍冬藤，
尘土飞扬的大地的名字，
祖国无尽的芬芳：

木兰花和灌木丛，鲜血和面粉，
疾驰的马儿，
村庄蒙尘的月亮，
刚出炉的面包：
啊，你皮肤上的一切都回到了我的嘴里，
回到我的心里，回到我的身体里，
而和你一起，我再次成为
大地，你是那大地：
你在我深邃的春天里：
在你身上我又一次知道如何萌芽而生。

2

我本应感受到
在我身边成长的串串果实一般的岁月，
直到你看到太阳和大地是如何
派你来到我石头般的双手，
直到你用一颗颗葡萄酿成的酒
在我的血管中歌唱。
风或马
能够偏离方向，
让我穿过你的童年，
你每天看到的同样的天空，
同样的昏暗冬日的泥土，
洋李树一望无际的茂密枝杈，
还有它深紫色的甜美味道。
只有几公里的夜色，
是田野中的黎明
被打湿的距离，
一抔土将我们分隔，一面面透明的墙
我们没有跨越，为了以后的
生命，即使将所有的
海洋和大地
放在你我之间，我们也会走向彼此，
无论距离多远，
一步步地寻找对方，

跨洋过海，
直到我看到天空燃烧，
你的头发在光下飞舞，
你带着解开枷锁的流星之火
来赶赴我的吻，
当你在我的血液中融化时，
我的嘴里感受到了
我们童年野生洋李的甜美味道，
我把你紧紧搂入怀抱，
仿佛大地和生命失而复得。

3

我的野丫头，我们需要
重拾时间，
向后行进，在我们彼此生命的
距离中，一次又一次地亲吻，
从一个地方拾起我们未曾感受喜悦就
给出的东西，在另一个地方发现
让你我的脚步靠近的
秘密道路，
就这样在我的嘴下，
你再次看到你生命中那株
不满足的植物
将它生命的根系
向着我那颗等待着你的心延伸。
一个又一个
我们分居两地的夜晚
加入到将我们结合的夜晚中。
每天的光
从时间中取出它的火焰或宁静
交给我们，
就这样在阴影或者光亮中，
我们的珍宝被挖掘出来，
就这样我们的吻亲吻生命：
所有的爱包含于我们的爱中：

在我们的爱中被包围：
所有的饥渴都终结于我们的怀抱。
我们终于在这里四目相对，
我们找到了彼此，
我们没有失去任何。
我们唇齿相依，
我们彼此之间无数次的
生生死死，
我们带来的一切，
比如那些没有生命的勋章，
我们把它们扔进海底，
我们学到的一切
对我们毫无用处：
我们重新开始，
我们重新结束
死亡和生命。
而在这里我们活了下来，
纯净地活着，带着我们所创造的纯净，
比大地更宽广，无法将我们引向歧途，
永恒如火，只要生命还在
就燃烧不息。

4

写到这里，我的手停了下来。

有人问：请告诉我，为什么，就像同一条海岸的
海浪，你的话语

不停地去往又返回她的身体？

她只是你所爱的形态吗？

我回答：我的双手没有满足，

在她身上，我的吻不会停歇，

我为什么要收回那些

再现她爱之触碰的痕迹的话语，

它们被徒劳地封存，

一如以网盛水，

为什么要收回生命最纯净的波浪的

面积和温度？

亲爱的，你的身体不仅是一朵玫瑰

在阴影中或月光下升起，

我或惊喜或追逐。

不只是移动或者燃烧，

血的行为或火的花瓣，

而且对我来说，你为我带来了

我的领土，我童年的泥土，

燕麦的浪潮，

我从丛林中摘下的

深色水果的圆形果皮，

木材和苹果的香味，
秘密的水果和深沉的树叶
落入的隐秘水域的颜色。
噢，亲爱的，你的身体
从认出我的大地上
升起，
如同小罐的纯净线条，
当我的感官找到你，
你悸动，仿佛
雨水和种子落入你的体内！
啊，请它们告诉我如何
戒掉你，
让没有你的形状的我的双手
将火从我的话语中剥离！
我的温柔可人儿，让你的身体栖息
在这行行诗句中，它们因你而来，
比你给我的触摸带来的更多，
让你居住在这些话语中，
在它们中重演甜蜜和大火，
让你在它们的音节中颤抖，
以我的名义睡去，就像你在我心上入睡，
这样，明天
我的话语将

保留你身体的空洞，
有一天听到这些话的人将收到一阵
麦子和罂粟花之风：
爱的躯体仍旧会
在大地之上呼吸！

5

小麦和水，
水晶或火的细线，
文字和夜，
工作和愤怒，
阴影和柔情，
你把它们一点一点地缝入
我破损的口袋，
你等着我，我的爱人，
爱和殉道是一对孪生兄弟
如同两个火警铃，
不仅仅是在慌乱的地域，
而且在最微小的
甜蜜的义务里。
意大利的金色橄榄油打造了你的光轮，
烹饪和缝纫的圣徒，
还有你的娇小妩媚
久久流连于镜中，
你有着一双
茉莉花都羡慕的花瓣一样的手，
清洗了餐具和我的衣服，
为我的疮口消毒。
我的爱人，向着我的生命，
你有备而来，

像罂粟花，像游击队员：
我饥渴交加，
走过丝绸一般的光辉，
我只为你带来这个世界，
而丝绸的背后是
钢铁一样的姑娘，
她将和我并肩作战。
亲爱的，亲爱的，我们在这里相遇。
丝绸和金属，请靠近我的嘴唇。

6

因为爱情会斗争，
不仅在它燃烧的农业中，
还在男人和女人的嘴里，
我终会阻止
试图在我的胸膛和你的芬芳之间
放入他们的黑色脚掌的人。
我的爱人，他们告诉你的
关于我的再多的坏事，
也不及我自己讲给你的。
在认识你之前，
我住在大草原上，
我未曾空等爱情，而是
埋伏监视，并且扑向玫瑰。
他们还能告诉你什么？
我不是好人也不是坏人，只是一个男人，
然后他们会补充
我的生活的危险之处，你已然知晓，
而且已经用你的激情一并承担。
而且，这种危险
是爱的危险，完整的爱，
终生之爱，
众生之爱，
如果这种爱给我们带来

死亡或监禁，
我确信你那双大眼睛，
会像我亲吻它们时一样
骄傲地闭上，
带着双倍的骄傲，亲爱的，
你的和我的骄傲。
但他们会朝着我的耳朵
先来毁坏联结你我的
甜蜜又坚硬的爱之高塔，
并对我说："那个
你爱的女人，
不是适合你的人，
你为什么爱她？我觉得
你能找到一个更漂亮，
更严肃，更深刻，
还有更多的美好品质的女人，你懂的，你看她多
　　瘦弱，
看她奇怪的头，
再看看她的穿着，
等等，等等。"
而在这一行行诗句里我说：
我就爱这样的你，亲爱的，
亲爱的，我就爱这样的你，

爱你这样的穿着，
爱你高耸的
头发，爱你
微笑的嘴角，
爱你轻盈如
纯净的石头上流过的泉水，
我就爱这样的你，亲爱的。
我不求面包来教导我，
而要在我生命的每一天
它都不会缺席。
我对光一无所知，它从哪里来
到哪里去，
我只希望光能照耀，
我不向黑夜
要求解释，
我等待它，而它将我笼罩，
这就是你，你是面包，是光，
是阴影。
你进入我的生活，
带着你带来的东西，
我等待着你，
由光，面包和阴影打造的你，
我就需要这样的你，

我就爱恋这样的你，
而那些明天想听到
我不会告知之事的人，就让他们在这里读到，
并且今天就此止步吧，因为讨论这些
今天尚早。
明天我们将只给他们
我们爱情之树上的一片叶子，一片
即将落到地上的叶子
仿佛用我们的嘴唇做成，
就像一个吻
从我们无人能及的高度落下，
以昭示真爱的
火热与温柔。

婚礼赞

▼

Epitalamio

你可还记得
冬日时节
我们来到了这个岛上？
海水向我们举起
寒冷之杯。
墙壁上的爬藤
窃窃私语，在我们经过的时候，
暗色的树叶片片落下。
你也是一片小小树叶，
在我的胸前颤抖。
生命之风把你放在那里。
起初我没有看到你：我不知道
你会与我一路同行，
直到你的根须
刺入我的胸膛，
融入我的血线，
用我的嘴说话，
和我一起绽放。
你就这样悄无声息地出现，
隐形的叶子或树枝，
忽然间我心中
充满果实和声音。
你住进那栋

在黑暗中等待着你的房子，
然后你点亮了灯火。
我的爱人，你还记得
我们在岛上最初的足迹：
灰色的石头认得我们，
一场场阵雨，
阴影中呼号的风认得我们。
但是，火
是我们唯一的朋友，
在它旁边我们四臂交绕
紧紧相拥，
甜蜜的冬日之爱。
火焰看到我们赤裸的吻上升
直到能够触及隐匿的星辰，
它还看到痛苦的诞生和死亡，
像一把断剑
对抗无敌的爱。
你可还记得，
噢，我的暗夜中的沉睡者，
梦境如何
从你体内生长，
从你赤裸的胸脯
敞开它的一双圆顶，

朝着大海，朝着岛屿的风，
在你的梦中，我如何自由地
航行，在海中，在风里，
然而，被束缚着淹没进
你甜蜜的蓝色水域中。
哦，可人儿，我的可人儿，
春天改变了
岛屿的墙壁。
一朵花绽放，如同一滴
橙色的血，
然后，这些颜色卸下了
所有纯粹的重量。
海水又一次征服了它的透明，
夜晚在天空中
星团璀璨，
万物已在低声诉说
我们的爱的名字，一颗又一颗岩石
道出我们的名字和我们的吻。
石头和苔藓的岛屿
在其石窟的秘密中回响着，
一如你口中的歌声，
出生的花朵
在石头的缝隙间

用它秘密的音节
在经过时说出你那
燃烧的植物般的名字，
陡峭挺立的岩石
如同世界之墙，
认出了我的歌声，最亲爱的，
万物都说
你的爱，我的爱，亲爱的，
因为大地，时间，海洋，岛屿，
生命，潮汐，
半开半掩的胚芽，
它的嘴唇还在土里，
吞噬一切的花朵，
春天的律动，
一切都认得我们。
我们的爱诞生
于墙外，
于风中，
于夜里，
于大地之中，
因此黏土和花冠，
泥和根，
它们知道你的名字，

知道我的嘴

与你的嘴连为一体，

因为我们一同被播种在土里，

而唯有我们自己并不知晓，

我们一起成长，

一起开花，

正因如此，

当我们经过时，

你的名字就在

长在石头上的玫瑰的花瓣上，

我的名字在石洞里。

它们知道一切，

我们没有秘密，

我们一同长大，

但我们并不知晓。

大海知道我们的爱，

高处的岩石

知道我们的吻

以无尽的纯洁

绽放，

仿佛在它的缝隙中，一张绯红的嘴

渐渐出现：

就这样它们知道我们的爱和吻

将你的嘴和我的嘴结合在
一朵永生的花中。
我的爱人，
甜蜜的春天，
花和人海，围绕着我们。
我们没有用它
换取我们的冬天，
当风
开始破译
如今每时每刻它都在重复的你的名字，
当
树叶不知道
你是一片叶子，
当
树根
不知道你在我的胸前
寻找我。
亲爱的，亲爱的，
春天
给了我们天空，
但黑暗的大地
是我们的名字，
我们的爱情属于

所有时间和大地。
我们彼此相爱，我的手臂
在你的细沙一般的脖颈下，
我们将等待
大地和时间如何
在岛上变化，
树叶如何
从无言的爬藤上飘落，
秋日如何
从破窗离去。
但我们
会等待，
等待我们的朋友，
我们有着红色眼睛的朋友，
也就是火，
当风再次
摇动岛屿的边界
而不知道所有人的
名字，
冬天
会寻找我们，我的爱人，
永远，
它会寻找我们，因为我们认识它，

因为我们不惧怕它，
因为我们有
永远
与我们同在的
火。
我们有
永远
与我们同在的大地，
永远
与我们同在的春天，
当一片叶子
从爬藤上
飘落，
你知道，我的爱人，
在那片叶子上
写了什么名字，
一个属于你也属于我的名字，
我们的爱的名字，独一无二的
存在，那支箭
穿越了冬天，
无敌的爱，
白口之火，
一片

落在我的胸口的叶子，
一片
生命之树的叶子
筑起了巢穴，唱起了歌，
生根，
开花，结果。
所以你看，我的爱人，
我如何行走在这座岛屿，
行走于世界，
在仲春中安然，
在寒冷中为光疯狂，
在火中平静行走，
在我怀里
举起轻如花瓣的你，
仿佛我从未挪动脚步，
除非与你一起，我的灵魂伴侣，
仿佛我不会歌唱，
除非与你一起。
仿佛我不会唱歌，
除非有你在歌唱。

途中信札

▼

La carta en el camino

再见了，但你将和我
一起，你将进入
循环在我的血管中的一滴血里，
或者外面，灼伤我的脸的热吻，
或者我腰间的火焰腰带。
我的可人儿，请接受
这来自我生命的伟大爱情吧，
它在你身上找不到领地，
如同迷失在
面包和蜂蜜的岛屿上的探险者。
在暴风雨过后
我找到你，
雨水洗涤了空气，
在水中
你甜美的双脚像鱼一样闪耀。

亲爱的，我将奔赴战斗。

我将划破大地，为你挖掘
一个山洞，在那里你的船长
将在铺满鲜花的床上等你。
我的可人儿，不要再去想
那痛苦，

它在我们之间划过，
如同一束磷火，
也许就这样把我们灼伤。
和平也已经来临，因为我回到了
我的土地上战斗，
因为我的心是完整的，
有了你给予我的永恒的
那部分血液，
还因为
我那双
满是你赤裸形态的手，
请看着我，
请看着我，
看我意气风发穿梭过海，
看我航行于夜，
海洋和黑夜都是你的眼睛。
在我远行时，我没有离开你。
现在我要告诉你：
我的土地就是你的土地，
我要去征服它，
不仅为了把它送给你，
而是为了所有人，
为了我的整个民族。

有一天盗贼会走出他的塔楼。
侵略者也会被赶走。
所有此前习惯于战火的
生命的果实
将在我手中生长。
我将知道如何爱抚新的花朵，
因为你教会了我温柔。
我的可人儿，亲爱的，
你将会和我一同以血肉之躯战斗，
因为在我心中住着你
如同红色的旗帜的吻，
如果我倒下了，不仅
大地会将我覆盖，
还有你带给我的这份伟大的爱，
在我的血液中循环不停的爱也会将我覆盖。
你会和我一起来，
在那一刻，我等着你，
在那一刻，在每一刻，
每一刻，我都在等你。
当可恨的悲伤前来
敲击你的门时，
请告诉它，我在等你，
当孤独想让你换下

写着我名字的戒指时，
让孤独来与我谈，
告诉它我必须离开，
因为我是个士兵，
那些我在的地方，
雨中或
火里，
我的爱人，我等着你，
我在最艰苦的沙漠里等你，
在花朵盛开的柠檬树旁：
在一切有生命绽放的地方，
在春天正在萌发的地方，
我的爱人，我等着你。
当有人对你说"那个男人
并不爱你"时，请记住
那个夜里我的双脚如此孤独，它们在寻找着
我所爱恋的那双甜美可爱的小脚。
亲爱的，当有人告诉你
我将你遗忘，哪怕是
出自我的嘴里，
当我说出口时，
不要相信我，
谁，如何，

能把你从我的心中割离，
谁会接受
我的血
当我鲜血淋漓地走向你？
但我仍旧不能
忘记我的民族。
我将在每条街道，
在每一块石头后面战斗。
你的爱也会帮助我：
那是一朵紧闭的花，
每每都用它的芬芳充盈我，
它忽然在我体内绽放，
如同一颗巨大的星星。

我的爱人，夜幕降临。

黑色的水，
沉睡的世界，围绕着我。
黎明会随之到来，
恰逢这时，我写信给你，
为了告诉你："我爱你。"
为了告诉你"我爱你"，请珍重，
净化，高举，

捍卫

我们的爱，我的灵魂伴侣。

我把它留给你，就像留下

一抔带着种子的泥土。

会有生命从我们的爱中降生。

在我们的爱中饱尝甘露。

也许会有一天，

一个男人

和一个女人，一如我们，

他们将碰触这份爱情，而它将仍有力量

去灼伤触摸它的手。

我们是谁？那又有什么关系？

他们将去触摸这火焰，

而这火，我的可人儿，将说出你简单的名字，

还有我的，曾经只有你知道的

名字，因为这尘世间只有你

知道我是谁，因为没有人能如同，

如同你的一只手那样了解我，

因为没有人

知道如何，或者何时

我的心在燃烧；

只有

你棕褐色的大眼睛知道，

你宽阔的嘴，
你的皮肤，你的乳房，
你的肚子，你的内脏，
还有你那被我唤醒的灵魂，
为了让它开始歌唱
直到生命的尽头。

亲爱的，我等你。

再见了，亲爱的，我等你。

亲爱的，亲爱的，我等你。

这封信就这样结束，
没有悲伤：
我的双脚坚定地立在大地之上，
我的手在途中写下这封信，
在生命途中我将
永远
和我的朋友并肩，与我的敌人对立，
我的嘴里噙着你的名字，
以及，一个永远不会与你的双唇分开的吻。

一百首爱的十四行诗

Cien Sonetos de Amor

致玛蒂尔德·乌鲁蒂亚

　　我最亲爱的夫人，在我给你写下这些所谓的
十四行诗时，我内心痛苦万分。这些诗让我痛不
欲生，也让我耗尽心血，但能把它们献给你的巨
大喜悦，比草原更辽阔。在我准备写下它们时，
我深知在创作每一首诗时，出于个人选择或者语
言优美的考虑，古往今来的诗人会选用不同的韵
律，那些诗歌听起来有的像银器，有的像水晶，
有的像炮弹。而我，带着极大的谦卑，写下了这
仿佛木质的十四行诗，我赋予它们这种不透明
且纯净的物质的声音，原封不动地送达你耳边。
你和我走过树林和沙滩，走过人迹罕至的湖泊，
走过尘土飞扬的土地，我们拾起没有一丝杂质
的枝条，它们从饱经流水和风霜雨雪侵蚀的树
上落下。借着树木这些柔软光滑的弃置物，我
用斧头、小刀和折刀打造了这些爱的木制品，
我还建造了一些房屋，它们用十四块木板搭建
而成，这样你那双我深爱的、赞颂的双眼就可
以居住其中。就这样建筑起我爱情的根基，我
将这部恰好有着百年世纪一般百首的诗集献给

你：因为你赋予了它们生命，木质的十四行诗才有了存在的意义。

1959 年 10 月

早晨
▼

Mañana

1

玛蒂尔德，植物，石头，或者酒的名字，
出生和存在于大地上的事物的名字，
在它的成长中，天光大亮，
在它的夏日中，柠檬之光迸发。

条条木船在这个名字中航行，
环绕在大海蓝色的火焰群中，
构成它的字母的河流之水
流入我焦灼的心房。

噢，暴露在藤蔓下的名字
就像一扇未知隧道的门，
通往世界的芬芳！

噢，用你炽热的嘴侵入我吧，
如果你愿意，用你黑夜的双眸调查我，
但请让我在你的名字中航行，沉睡。

2

亲爱的，要走过多少路才能抵达一个吻，
要经历多少漂泊的孤独才能与你相伴！
列列火车在雨中孤独地行驶不停。
塔尔塔尔的春天还未来临。

但是你和我，我的爱人，我们在一起，
从衣服到根系，我们在一起，
秋天，水中，臀部，我们在一起，
直到只有你，只有我，我们都在一起。

想到河流裹挟着多少石头，
流向博罗阿之水的河口，
想到被一辆辆火车和一个个国度分隔，

你和我只要单纯相爱，
和所有人混合，和男人，和女人，
和种植与养育康乃馨的大地。

3

坎坷的爱，紫罗兰冠以荆棘，
充沛的激情中荆棘丛生，
痛苦的长矛，愤怒的花冠，
你从哪里一路而来，以怎样的方式走向我的灵魂？

你为什么将你的痛苦之火
突然间，抛在我道路的冰冷树叶之间？
谁给你指引了通向我的道路？
什么花，什么石，什么烟，指明了我的住所？

可怕的夜晚的确在颤抖，
黎明在所有的酒杯中盛满了它的酒，
太阳在天上高高挂悬，

而残酷的爱却毫不停歇地围裹着我，
直到它用剑和荆棘撕裂我的身体，
在我心中开辟出一条火热的道路。

4

你会记得那个变化莫测的峡谷，
悸动的香气在那里升起，
不时有鸟儿身着
水汽与和缓：冬日的服饰。

你会记得大地的礼物：
易怒的芬芳，金色的泥土，
灌木丛中的野草，疯狂生长的树根，
像剑一样充满魔力的荆棘。

你会记得你带来的花束，
阴影和沉默之水的花束，
像覆着泡沫的石头一样的花束。

而那一次，仿佛前所未有却又一直如此：
我们去往那个没有任何期待的地方，
发现一切正在期待着的事物。

5

不要让黑夜、空气和黎明触碰你，
只让大地，累累硕果的美德，
聆听着纯净的水流生长的苹果，
你芬芳的祖国的泥土和树脂。

从缔造你双眼的钦查马利，
到在佛朗德拉为我创造的你的双脚，
你是我熟悉的黑色黏土：
在你的臀部，我再次触摸到所有麦粒。

也许你不知道，阿劳卡尼亚女人，
爱上你之前，在我忘记了你的吻之时，
我的心仍旧记得你的唇，

我像一个受伤的人一样游走在街上，
直到恍然间我已经找到，
亲爱的，属于我的吻和火山的领土。

6

迷失在，森林中，我砍下一截深色的树枝，
干渴着，向着我的嘴唇，我举起它喃喃细语：
也许那声音是哭泣的雨水，
也许是一个破碎的钟或者一颗受伤的心。

有什么来自远方，在我看来
被深深隐藏，被大地覆盖，
哭喊声被铺天盖地的秋日消弭，
被树叶半掩的，潮湿的黑暗掩盖。

但在那里，从森林的梦境中醒来，
榛树的枝丫在我嘴下歌唱，
它漂泊的气味攀爬上我清醒的意识

仿佛我突然被树根寻找
我曾经遗弃的树根，和我的童年一起逝去的土壤，
我停下来，被流浪的芬芳所伤。

7

"和我一起来吧。"我说——没有人知道
我的痛苦在哪里，如何跳动，
没有人送我康乃馨，也没有船歌，
只有一道爱情划开的伤口。

我再次说道：和我一起吧，就当我即将死去，
没有人看到我口中流血的月亮，
没有人看到那向寂静升起的鲜血。
噢，亲爱的，现在让我们忘掉那颗带刺的星星吧！

因此当我听到你的声音重复着
"和我一起来吧"——就好像你在释放出
痛苦，爱情，被禁锢的葡萄酒的愤怒，

从它那被淹没的酒窖中浮起，
又一次，我在嘴里感受到火焰的味道，
鲜血和康乃馨的味道，石头和灼伤的味道。

8

如果不是因为你的眼睛有着月亮的颜色，
有着带有黏土、劳作和火焰的白日的颜色，
如果不是因为被囚禁的你如风般灵动，
如果不是因为你是琥珀般的星期，

如果不是因为你是黄色的时刻，
在那一时刻中，秋日沿着藤蔓升起，
如果不是因为你是芬芳的月亮制成的面包，
将面粉漫洒于天际，

噢，最亲爱的，那么我便不会爱你！
在你的怀抱中，我拥抱了一切存在，
沙子，时间，雨树，

一切存在，我便存在：
无须远行，我便能看到一切：
在你的生命中我看到了一切生命。

9

海浪拍打着桀骜的石头，
天光迸裂，筑建起它的玫瑰，
大海的圆圈缩减为一簇，
变成落下的一滴蓝色盐粒。

噢，明亮的玉兰花在泡沫中怒放，
迷人的旅行者，她的死亡绽放如花，
永恒地回归存在，回归虚无：
破碎的盐，炫目的大海的运动。

你和我一起，我的爱人，一起尘封寂静，
当大海摧毁了它恒久不变的雕像，
倾覆了它座座狂怒又洁白的塔楼，

因为在这些满溢的水和无尽的沙
织就而成的无形织物中，
我们支撑起唯一且痛苦的温柔。

10

温柔的美人，仿佛是由音乐和木头，
玛瑙，布料，小麦，透明的桃子，
制成的一纵即逝的雕像。
迎着波浪散发着她与众不同的鲜活。

海水把双脚打湿，泛起晶亮的水光，
在沙滩上刚刚印下形状，
此刻她柔美的玫瑰之火，
是太阳和大海争夺的唯一泡沫。

啊，希望除了寒冷之盐，没有任何东西触碰你！
希望即使是爱情，也不要破坏纯净的春天。
美人，永恒的泡沫的投射，

让你的臀部在水面上打造出
一曲天鹅或睡莲的新韵律，
让你的雕像畅游在永恒的水晶之中。

11

我渴望着你的嘴，你的声音，你的头发，
我行走于街巷，不吃不喝，沉默不语，
面包不能养活我，黎明让我茫然无措，
我在白日寻找你的双脚流畅移动的声音。

我渴望着你欢畅的笑声，
渴望着你有着富饶的谷仓颜色的双手，
我渴望着你苍白如石的指甲，
我想吃下你的皮肤，就像吃下一颗完整的杏仁。

我想吃下在你的美丽中燃烧的闪电，
你傲慢脸庞上优越的鼻子，
我想吃下你睫毛上转瞬即逝的阴影，

我饥肠辘辘而来，嗅着晚霞，
寻找你，寻找你热烈的心，
如同奎德拉特荒原中的一只美洲豹。

12

丰满的女人，肉质的苹果，炽热的月亮，
海藻、淤泥和破碎的光的馥郁香气，
什么样幽暗的澄澈在你的柱门之间开启？
男人用他的感官触摸到怎样古老的夜晚？

啊，爱是一场旅行，与水和星星为伴，
与窒息的空气和骤然而起的面粉风暴为伴；
爱是一场闪电的战斗，
是败于一种蜜水的两个身体。

一吻又一吻，我览遍你小小的无限，
你的边缘，你的河流，你的简陋村庄，
还有转变为快感的生殖之火

奔跑于狭窄的血路，
直到奔涌如同夜晚的康乃馨，
直到存在和虚无，只是黑暗中的一束光。

13

从你的双脚上升到你的头发的光芒，
笼罩着你娇嫩身躯的外缘，
不是由海里的珍珠母，也不是由冰冷的银打造：
你用面包做成，火焰钟爱的面包。

面粉与你一起建起它的谷仓，
在幸福的岁月中不断长大，
当谷物让你的胸成倍鼓胀，
我的爱是在土地中辛勤工作的煤炭。

噢，你的额头是面包，你的双腿是面包，你的嘴
　是面包，
我吞噬的面包，每个清晨与光同生的面包，
最亲爱的，你是面包店的旗帜，

火给予你血的教训，
在面粉中你学会庄严，
从面包中学得了语言和芳香。

14

我没有时间来庆祝你的头发。
我应该一根根细数它们，赞美它们：
别的爱人更钟爱眼睛，渴望与之共同生活，
而我只想做你的美发师。

在意大利，你被命名为美杜莎，
因为你波浪一般充满光泽的秀发。
我称你为"我的卷毛女郎"和"我的乱发女孩"：
我的心了解你头发的每一条路径。

当你在自己的头发中迷路，
不要忘记我，记住我爱你，
不要让我失去你的头发，迷失方向，

通过所有道路的阴暗世界，
只有阴影，转瞬即逝的痛苦，
直到太阳升起，直至你的秀发之塔。

15

大地认识你已久：
你如面包或木头般紧密结实，
你是实体，是一簇牢固的物质，
你有着金合欢和金豆的重量。

我知道你的存在，不仅因为你的眼睛飞驰
将光明赋予万物，一如打开的窗，
还因为你用泥土制造、烘烤而成，
在奇廉，在一个惊愕的土坯炉中。

生命像空气、水或寒冷一样满溢，
它们模糊不清，在和时间的接触中被抹去，
仿佛在死前就已经破碎。

你会和我一起，像石头一样坠入坟墓：
因为我们没有被消耗殆尽的爱情，
大地将与我们一同永存不息。

16

我爱你那片土地，
因为在行星的旷野中
我没有其他星辰。你复刻了
宇宙的繁衍。

你宽广的眼睛是我所拥有的
败落星座的光芒，
你的皮肤悸动如同流星
在雨中划过的路径。

对我而言，你的臀部仿佛皎月，
你深邃的嘴和它的喜悦仿佛烈日，
你被漫长的红色光束燃烧的心，

光芒灼热仿佛阴影中的蜂蜜，
就这样我吻遍你躯体的火焰，
小小的，行星般的躯体，如鸽子，如地理。

17

我不将你当作盐玫瑰，或黄宝石
或淬火的康乃馨之箭那样爱你：
我爱你，如同某些黑暗事物之间的爱恋，
秘密地，在阴影和灵魂之间。

我爱你，将你当作不开花的植物，
有花朵隐匿于体内，隐藏的光芒，
因为你的爱，我的身体里暗暗地留存着
从大地升起的浓郁香气。

我爱你，不知道如何，不知道何时，也不知道在
　　哪里爱你，
我直截了当地爱你，没有问题也没有骄傲：
我用这种方式爱你，因为我不知道别的爱法，

我只会如此，我若不存在之处，你也不存在，
如此之近，以至于你放在我胸前的手就是我的手，
如此之近，以至于我进入梦乡，你就双眼紧闭。

18

你穿越群山而来，如同微风，
或者从雪中落下的激流，
你跳动的头发仿佛
密林中太阳高大的装饰物。

高加索所有光都洒落在你的身上，
就像落在一个没有边际的小瓮中，
瓮中的水随着河流的每一次透明的起伏
变换自己的服饰和歌声。

山上是古老的战士之路，
山下，矿工的手筑成的墙壁之间
水流汹涌，闪耀如剑，

直到你突然收到
来自树林的蓝色花朵的枝条或者闪电
和一种奇特的野性芳香之箭。

19

当黑岛的巨大泡沫，
蓝色的盐，波浪中的阳光打湿了你，
我看着劳作的蜜蜂
沉浸于它的宇宙之中。

它来来去去，一路保持平直金黄的羽翼的平衡，
仿佛从隐形的电缆上滑过，
舞蹈般优雅，它腰部的渴望，
和淬毒的针尖的谋杀。

石油和橙子构成了它的彩虹，
它像飞机一样在草丛中搜寻，
带着蜂针的声响，起飞，消失，

而你从大海而来，一丝不挂，
身上满是盐和阳光，你重回世界，
反光的雕像，沙砾之剑。

20

我的丑人儿，你是一颗蓬乱的栗子，
我的美人儿，你像风一样美丽，
我的丑人儿，你的嘴巴是别人的两倍大，
我的美人儿，你的吻像西瓜一样鲜甜。

我的丑人儿，你的双乳藏在哪里？
它们小巧如两杯麦粒。
我更希望在你胸前看到两轮月亮：
如同你的领地上高耸的两座巨大塔楼。

我的丑人儿，大海的店铺里没有你的指甲，
我的美人儿，一朵又一朵花，一颗又一颗星，
一波又一波浪，我的爱人，我已细数过你的身体：

我的丑人儿，我爱你，因为你黄金般的腰身，
我的美人儿，我爱你，因为你额头上的皱纹，
我的爱人，我爱你，因为你的明媚和阴沉。

21

噢，愿所有的爱都蔓延于我的身体，
愿不再经历没有春天的时刻，
我只把我的双手卖给了痛苦，
现在，最亲爱的，请让我和你的吻身处一处。

用你的芬芳遮住开放的月份的光芒，
用你的头发将重重的门关上，
而我，不要忘记如果我哭泣着醒来
是因为在梦中我只是一个迷路的孩子，

在夜晚的树叶中寻找你的手，
寻找你让我感受到的小麦一样的触碰，
阴影和力量闪烁的狂欢。

噢，最亲爱的，只有阴影
在你的梦中，你一路陪伴着我
并告诉我光明降临的时刻。

22

亲爱的，多少次在没有看到你，也许不记得，
没有认出你的目光，没有看着你的情况下，我爱
　　你，矢车菊，
在不合适的区域，在灼热的正午：
你只是我所爱的谷物的香气。

也许我看到了你，想象你在经过时举起酒杯，
在安戈尔，六月的月光下，
或者你是我在黑暗中弹奏的那把吉他的
腰身，声如汹涌无际的大海。

我在不知不觉中爱上了你，我寻找你的记忆。
我举着手电筒进入空荡荡的房子去偷取你的画像。
但我已经知道你的模样。忽然间

当你和我同行，我触碰到了你，我的生命停止：
你在我眼前，统治着我，高高在上。
就像森林里的篝火，火是你的王国。

23

火是光，面包是怨怼的月亮，
茉莉花复制它繁星密布的秘密，
从恐怖的爱中，一双纯洁柔软的手
给我的眼睛带来和平，给我的感官带来阳光。

噢，亲爱的，何其迅速，你在破碎之处
建筑了温柔坚固的大厦，
你击退了恶毒和嫉妒的利爪。
而如今我们仿佛合二为一，共同面对世界。

过去如此，现在如此，未来如此，
狂野而甜蜜的爱人，最亲爱的玛蒂尔德，
直到时间向我们展示白日最后的花朵。

彼时没有你，没有我，没有光，我们将不复存在：
在大地和阴影的另一边，
我们爱情的光芒将生生不息。

24

亲爱的，亲爱的，朵朵白云抵达了天空之塔，
它们上升如同凯旋的洗衣女工，
一切燃烧成蓝海，一切都化作星辰：
大海、船舶、白日被一同放逐。

来看看星光灿烂的水中的樱桃树
还有急速宇宙的圆形密码，
来触摸转瞬即逝的蓝色之火，
来吧，在它的花瓣还未败落之前。

这里只有光，大量的，一束束的，
被风的美德开启的空间，
直到它交出泡沫最后的秘密。

而淹没在这么多天空的蔚蓝之中，
我们的眼睛迷失了方向，几乎无法猜测
空气的力量，水下的密码。

25

在爱上你之前，亲爱的，我一无所有：
我徘徊在街道和万物中：
万物没有意义，也没有名字：
世界由等待中的空气构成。

我了解灰尘密布的大厅，
月亮栖息的隧道，
残忍的道别的机棚，
固守在沙滩上的疑问。

一切都是虚空，僵死，喑哑，
堕落，遗弃，衰败，
一切都与我毫无关系，

一切都属于别人，一切都不属于任何人，
直到你的美丽和你的贫穷
如礼物般填满了整个秋天。

26

无论是伊基克恐怖沙丘的颜色，
还是危地马拉杜尔塞的河口，
都没有改变你在麦田中被征服的轮廓，
你大葡萄般的风姿，你吉他般的嘴唇。

噢，我的心上人，自万物静谧以来，
从藤蔓统治的群山上
到银白色的荒凉平原，
在每一片纯净的栖息地上，大地都在复刻你的样子。

但是，无论是矿山孤僻的手，
抑或是西藏的雪，还是波兰的石，
都没有改变你游走的谷物般的身形，

仿佛奇廉的泥土或者小麦，吉他或者花簇，
在你身上捍卫了它们的领地，
践行野蛮月亮的使命。

27

赤裸的你单纯如同你的一只手，
光滑，质朴，微小，圆润，透明，
你有着月亮般的线条，苹果般的小径，
赤裸的你纤瘦如同剥皮的麦粒。

赤裸的你湛蓝如同古巴的夜，
藤蔓和星辰缠绕在你发间，
赤裸的你辽阔而金黄，
如同金色教堂里的盛大夏日。

赤裸的你小巧如同你的一个指甲，
弯曲，纤薄，粉嫩，直至白日降临，
你藏入世界的地平线之下，

如同没入一条长长的衣服和杂物的隧道：
你的清澈褪去，穿上衣服，落叶散尽，
又一次成为一只赤裸的手。

28

亲爱的，从谷物到谷物，从星体到星体，
风的网和它阴暗的国家，
战争和它染血的鞋子，
或者剑柄的白天和黑夜。

我们所到之处，岛屿，桥梁，或旗帜，
短暂秋日千疮百孔的小提琴，
欢乐在酒杯边缘重现，
痛苦以其哭泣的教训制止了我们。

风在所有的共和国中展开
它不受制裁的旗帜，它冰冷的头发，
而后花朵又回到它的劳作中。

但在我们身上，秋天从未消失殆尽。
在我们静止的故乡里，爱情带着露水赋予的权利，
萌芽，生长。

29

你来自南方的贫困之家，
来自天气寒冷和地震频发的严酷之地，
当那里的神灵也跌落至死，
我们学到了泥土中的生命的重要一课。

你是黑色泥土制成的小马，是黑色的泥
打造的吻，亲爱的，你是泥土做成的罂粟，
是黄昏飞翔于路上的鸽子，
是盛着我们贫苦童年的泪水的储蓄罐。

女孩，你保留了你那颗贫穷的心，
你那双已经适应了石头的贫穷的脚，
你那张并不总能享受到面包和快乐的嘴。

你来自贫穷的南方，我的灵魂也来自那里：
在南方的天空中，你的母亲还在浣洗衣物，
同我的母亲一起。这就是我为何选择你，我的同伴。

30

你有着群岛落叶松一般的茂密秀发，
历经了几个世纪岁月洗礼而成的肉体，
熟稔森林木海的血管，
从天空落入记忆的绿色血液。

没有人会拾起我丢失在
如此繁多的树根里的心，在与水的愤怒交织的
阳光的苦涩清新中，
居住着不与我同行的影子。

因此你从南方来到这里，如同
一座人口众多，冠以羽毛和树木的岛屿，
而我感受到了那些漂泊的森林的气息，

我找到了我在丛林中见过的暗色蜂蜜，
我抚摸着你臀部那些阴郁的花瓣，
它们与我同生，构筑我的灵魂。

31

我用南方的月桂树和洛塔的牛至草
为你加冕，我的骨头的小女王，
你不能没有那顶
大地用香脂和树叶做成的王冠。

和爱你的人一样，你也来自绿色的省份：
我们从那里带来了流淌在我们血液中的泥浆，
我们在城市里徘徊，像许多人一样，迷失了方向，
害怕人们关闭市场。

最亲爱的，你的影子有洋李的味道，
你的双眼把根藏匿于南方，
你的心是储蓄罐般的鸽子，

你的身体像水中的石头一样光滑，
你的吻是带着露水的串串鲜果，
而我有你在身旁，与大地同居一样。

32

清晨的房屋，真理被搅乱，
床单和羽毛，在一天伊始
便迷失方向，像一只可怜的漂泊的小船，
游走在秩序和梦想的地平线之间。

事情想拖拽着残迹行进，
漫无目的的坚持，冰冷的遗产，
文件中隐藏着皱巴巴的元音，
瓶中的酒想将昨天延续。

有序的人，你像蜜蜂一样振翅而过，
触碰迷失在阴暗中的区域，
用你的白色能量征服光芒。

然后清晰明朗再度被建立：
事物遵循生命之风，
秩序让它的面包和鸽子都回到自己的位置。

中
午
▼

Mediodia

33

亲爱的，现在我们回家，
家里藤蔓爬上台阶：
在你到达之前，赤裸的夏天踩着忍冬的脚步，
已经抵达你的卧室。

我们漂泊的吻游遍了世界：
亚美尼亚，被挖掘而出的浓郁蜂蜜，
锡兰，绿色的鸽子，长江，
以古老的耐心分割白天和黑夜。

而现在，最亲爱的，越过噼啪作响的大海，
我们像两只盲鸟一样回到墙上，
回到遥远的春天的巢穴，

因为爱不能一路飞翔不停歇：
我们的生命去往墙壁或大海的岩石之上，
我们的吻回到了我们的领土。

34

你是大海的女儿，是牛至草的表亲，
你是泳者，身体是纯净的水，
你是厨师，血液是鲜活的大地，
你的习俗绚烂多彩，充满人间烟火。

你的双眼看向水面，于是浪花涌起，
你的双手伸向大地，于是种子跃动，
你深具水和土的属性，
二者遵照泥土的法则在你身上融合。

那伊阿得斯[1]，绿松石切开了你的身体，
然后复活，在厨房中绽放，
以这样的方式，你肩负起一切存在，

最后你睡在我的怀抱中，我的双臂
为你拨开阴影，让你休憩，
蔬菜，海藻，草地：你梦中的泡沫。

1　那伊阿得斯，希腊神话中的一类低阶女神，宁芙的一种。
　　宁芙是希腊神话中体现自然现象与自然力的女性精灵，分
　　为很多种，而那伊阿得斯就是其中象征江河、湖泊、溪流、
　　山泉乃至井水的仙女。

35

你的手从我的眼飞向白昼。
光像绽放的玫瑰一样进入。
沙子和天空跳动不停，像一个
被绿松石切割的壮大的蜂巢。

你的手触摸叮当作响的音节，酒杯，
盛着黄色油脂的油壶，
花冠，泉水，以及最重要的，爱，
爱：你纯洁的手保护了勺子。

下午如此。夜晚悄悄地将
天幕覆盖在人类的梦境之上。
忍冬释放出一股悲伤的野性气息。

你的手飞了回来，
合上我本以为失去的羽翼，
在我被黑暗吞噬的双眼之上。

36

我的心上人，芹菜和木槽的女王：
丝线和洋葱的小豹子：
我喜欢看你的小小帝国闪闪发光，
以蜡为武器，以酒为武器，以油为武器，

以大蒜为武器，以被你的双手开启的大地为武器，
以在你手中点燃的蓝色物质为武器，
以梦境向沙拉的转换为武器，
以缠绕在水管上的爬行动物为武器。

你，用你的割草机掀起阵阵芳香，
你，在泡沫中跟随肥皂的方向，
你，爬上我失控的梯子和楼梯。

你，掌控着我的书法的种种迹象，
在笔记本的沙粒中找到
正在寻觅着你的嘴唇的迷途的字母。

37

噢，亲爱的，噢，疯狂的光线和紫色的威胁，
你来拜访我，沿着你清凉的阶梯拾级而上，
时间冠以薄雾的城堡，
封闭心房的苍白墙壁。

没有人会知道，只有温柔才能
建筑如城市一样坚固的水晶，
没有人会知道，血液开启了不幸的隧道，
却无法推翻冬日的统治。

所以，亲爱的，你的嘴，你的皮肤，你的光，你
　的忧伤，
都是生命的宝贵遗产，
是雨水和大自然的神圣礼物，

大自然接纳并举起沉甸甸的谷粒，
酒窖中葡萄酒的秘密风暴，
大地中的谷物骤然爆发的火焰。

38

正午时分，你的房子隆隆作响如一列火车，
蜜蜂嗡鸣不停，平底锅在歌唱，
瀑布细数露水的功绩，
你的笑声有如棕榈树发出的颤音。

墙壁上的蓝色光线与石头交谈，
像用口哨吹着电报的牧羊人一样到来，
而在两棵声音青涩的无花果树之间，
荷马穿着不发出声响的鞋子向上攀爬。

只有在这里，城市没有声音，也没有哭声，
没有永恒，没有奏鸣曲，没有嘴唇，也没有喇叭，
只有瀑布和狮子的讲话，

而你攀登，歌唱，奔跑，行走，下落，
种植，缝纫，烹饪，敲打，写作，返回，
或者你已然离去，而由此得知冬天已经到来。

39

但是我忘了你的手浇灌纠缠的玫瑰花，
让花根心满意足，
直到你的指印绽放
在大自然的一片平和之中。

锄头和水宛如你的宠物
陪伴着你，啃咬、舔舐着大地，
你就这样劳作，散发着
丰盈富饶，康乃馨般火热的清新。

我要你的双手拥有蜜蜂般的爱和荣誉，
你的手在大地中混淆了它们透明的血统，
甚至在我的心中开始耕耘，

使我像一块燃烧的石头，
忽然间，与你一起，歌唱，因为它沐浴了
你的声音传送而来的森林之水。

40

寂静绿意盈盈，光线湿润，
六月颤抖如蝴蝶，
而在南方的领地，从大海和岩石而来，
玛蒂尔德，你穿越了正午。

你满载着铁色的花朵，
被南风折磨又遗忘的海藻，
你的双手仍旧白皙，被盐腐蚀而龟裂，
它们举起沙砾一般的谷穗。

我爱你纯洁的礼物，你那完好无损的石头一样的
    皮肤，
你的手指在阳光下奉献出的指甲，
你那因巨大的快乐而绽放的嘴巴，

但是，为了我临近深渊的房子，
请给予我痛苦的寂静之法，
被遗忘在沙土之中的海之楼阁。

41

一月的不幸，当冷漠的
正午在天空中写下它的等式，
一块坚硬的黄金，如同满溢的酒杯中的葡萄酒，
盛载着直到它蓝色边界的大地。

这个时节的不幸就像小小的葡萄
集结成苦涩的绿色，
集结成岁月困惑和苦涩的泪水，
直到变幻的天气公布它们的累累果实。

是的，萌芽，忧伤，惊恐跳动的
万物，在一月噼啪作响的光线下，
将走向成熟，像果实燃烧一样燃烧。

悲伤会被分割：灵魂
会化作一阵风，而住处会一尘不染，
桌上是新鲜的面包。

42

摇曳在海水上的灿烂日子，
如同黄色岩石的内部一样聚集在一起，
纷乱并没有打破它们蜂蜜般的光泽：
保留了矩形的纯粹。

噼啪作响，是的，火焰或蜜蜂一样的时刻，
淹没在叶子中的绿色工作，
直到去往枝叶的顶端，
一个闪闪发光的世界，熄灭，低语。

对火的渴求，夏日炙热的人群
用几片叶子建起一个伊甸园，
因为黑色面孔的大地不要苦难，

要的是人人都能拥有的清新或火焰，水源或面包，
没有什么能将人们分开，
除了太阳或黑夜，月亮或谷穗。

43

我在所有别的女人身上寻找你的痕迹，
在湍急起伏的女人之河中，
在众多发辫中，在几乎被淹没的一双双眼睛中，
在滑行于泡沫的纤足中。

突然间，我隐约看到了你的指甲，
椭圆形的指甲，转瞬即逝，如小巧的樱桃，
又见你的头发从我身边拂过，我仿佛
看到你那篝火般的画像在水中燃烧。

我四处张望，但没人有你那样的心跳，
有你的光芒，有你从森林里带来的黑色泥土，
有你那样小巧的耳朵。

你完整而短暂，你是所有人中的独一无二，
我就这样和你一路行遍，一路爱恋
有着柔美河口的宽阔的密西西比河。

44

你会知道我不爱你和我爱你，
因为生命有两种样式，
言语是沉默的一只翅膀，
火的一半是冰冷。

我爱你是为了开始爱你，
重新启动无限的生命，
并永不停止爱你：
这就是为什么我还不爱你。

我爱你，我不爱你，好像
我的手中握有
幸福和模糊的不幸命运的钥匙。

我的爱有两种生命来武装你。
所以我在不爱你时爱你，
也在爱你时爱你。

45

一天都不要远离我，因为，
因为，我不知道如何说，白日漫长，
我会像在车站一样等着你，
当火车在某个地方沉睡之际。

一小时都不要远离我，因为那一时刻，
在那一小时里，焦虑的水滴汇聚，
也许所有一直寻觅着家园的烟雾
会来杀死我迷失的心。

啊，不要让你在沙地上的身影破碎，
啊，不要让你的眼睑在缺席中飞翔：
一分钟都不要离开，最亲爱的，

因为在那一分钟里，你将离开得如此之远，
而我要穿越整片大地去问询
你是否会回来，还是留我一人奄奄一息。

46

在我欣赏的
被不同的河水和露水打湿的群星中，
我只选择了我爱的那一颗，
从此我与黑夜同眠。

在海浪中，一波又一波，
绿色的大海，绿色的寒意，绿色的树枝，
我只选择了一波浪潮：
你的身体中不可分割的那一波。

所有的水滴，所有的树根，
所有的光线都到来了，
它们都来见我，或早或晚。

我想把你的头发据为己有。
从我的故乡的所有礼物中，
我只选择了你那颗未经雕琢的心。

47

我想在我身后的树枝间看到你。
渐渐地，你变成了果实。
你轻松地从树根一路攀爬上来，
用你浆液的音节歌唱。

在这里，你将先置身于芬芳的花朵，
置身于从吻变身而来的雕像，
直到太阳和大地，鲜血和天空
赐予你喜悦和甜蜜。

我将在树枝间看到你的秀发，
你的表征在枝叶中逐渐成熟，
让树叶更接近我的渴望，

我的嘴里将充满你的养分，
你的吻从大地升起，
带着你那相爱的果实的鲜血。

48

两个幸福的恋人是一个面包，
是草地上的一滴月光，
他们行走时留下两道紧挨的影子，
他们在床上留下一个空荡荡的太阳。

在所有的真理中，他们选择了这一天：
他们没有用丝线捆绑彼此，而是用香气，
他们没有把和平与语言撕成碎片。
幸福是一座透明的塔。

空气，美酒伴随着这对恋人，
黑夜赠予他们幸福的花瓣，
他们可以拥有所有的康乃馨。

两个幸福的恋人没有终结，也没有死亡，
他们出生，他们死亡，一次又一次，在生命的过
　程中，
他们如大自然一般永生。

49

今日：所有的昨日都已坠落
在光的手指和蒙眬的睡眼之间，
明天会踏着绿色的脚步到来：
没有人能阻挡黎明之河。

没有人能阻挡你手中的河流，
你的睡眼，最亲爱的，
你是流逝在垂直光线和昏暗太阳间的
岁月的震颤，

天空在你身上合上羽翼，
指引你，带你来到我的怀抱，
用一种准时且神秘的礼节：

因此，我向日月歌唱，
向大海，向时间，向着所有的行星，
向着你白天的声音和夜晚的皮肤，歌唱。

50

科塔波斯 [1] 说你的笑声落下，
如同猎鹰从陡峭的塔楼上坠落，
是的，的确，你仅用一道带有天空血统的闪电，
就穿越了世界的枝叶，

闪电降落，切割，露珠的舌头，
钻石的水流，光和它的蜜蜂都跳跃不停，
那里栖息着宁静和她的须毛，
太阳和星星的榴弹爆炸，

天空与黑夜一同倾倒，
钟声和康乃馨在满月下燃烧，
马鞍匠的马群奔腾不停：

因为你如此娇小，一如既往，
你任凭笑声从你的流星上坠落，
让电流淌过大自然的名字。

1　阿卡里奥·科塔波斯（Acario Cotapos Baeza，1889—
　　1969），智利作曲家，聂鲁达的好朋友。

51

你的笑声属于一棵被闪电
劈裂的树，银色的闪电
从天而降，击碎树冠，
一剑将树劈成两半。

只有在枝叶覆雪的高地上
才会诞生出你这样的笑声，最亲爱的，
这是在高空之中释放的风的笑声，
一如南美杉的习性，最亲爱的。

我的安第斯女人，毋庸置疑的奇廉人，
用你笑声的刀子割开阴影，
黑夜，清晨，正午的蜂蜜，

枝叶上的鸟儿跃向天空，
此时你的笑声
像一道奢靡的光，穿过生命之树。

52

你用歌声歌唱太阳和天空，
你的歌声剥开白日的谷物，
松树用绿色的舌头说话：
冬日里所有的鸟儿都在啼鸣。

大海的地窖里满是脚步声，
钟声，锁链声和呻吟声，
金属和器皿叮当作响，
旅队的车轮辘辘不停。

但我只听到你的声音，
它飞升精准如箭，
它下落重如雨滴，

你的声音驱散了高耸的剑，
它满载紫罗兰归来，
伴我漫游天际。

53

这里有面包，酒，桌子，居所：
男人，女人和生活的必需品：
纷乱的和平一路奔向这里，
一切为了这束光而燃烧。

致敬你们飞舞的双手，
它们筹备着歌声和厨房的洁白成果，
致敬你奔跑的双脚的正直，
万岁！拿着扫把跳舞的女舞者。

那些裹挟着水流和威胁的汹涌河流，
那些饱受折磨的泡沫般摇摇欲碎的楼阁，
那些燃烧的蜂巢和礁石，

今天一切都陷入宁静，你的血液融入我血般的宁静，
这夜色一般繁星璀璨的湛蓝河床，
这无尽的纯净的温柔。

午后
▼

Tarde

54

辉煌的理性，拥有纯粹的簇簇鲜花
和正直的正午的明亮恶魔，
我们终于抵达这里，没有孤独，只有彼此，
远离野蛮城市的无常。

当纯净的线条勾勒出鸽子，
火焰用它的养分为和平授勋，
你和我共同筑起了这个天上的居所！
赤裸的理性和爱情居住其中。

汹涌的梦想，必然苦涩的河流，
比铁锤的梦境更艰难的决定
落入恋人的情侣杯中。

直到在天平上升起，双生之子，
理智和爱情像两只翅膀。
澄明如此得以建立。

55

荆棘，破碎的玻璃，疾病，哭泣，
日夜围困着幸福者的甜蜜。
塔楼，旅途和城墙都无济于事：
不幸浸入了沉睡者的安宁，

悲伤起起落落，拉近它的勺子，
没有人能在这种运转中置身事外，
没有出生，就没有屋顶和围栏：
这种需要被注意到的特性。

在爱情中紧闭双眼也没有用，
深厚的床铺也不能远离有传染病的伤者，
或者远离一步步征服其旗帜的人。

因为生活如同霍乱或河流一样激荡不停，
开辟出一条血腥的隧道，我们在其中
被痛苦的庞大家族的双眼注视。

56

你要习惯看到我身后的影子，
习惯让你的双手从怨恚中抽离，澄澈透明，
仿佛它们诞生于大海的清晨：
我的爱人，盐给予你结成晶体的比例。

忌妒在我的歌声中受苦，死去，精疲力竭。
它悲伤的船长一个又一个走向死亡。
我说爱，于是鸽行世界。
我的每个音节都能让春天抵达。

那么你，我的花朵，我的心上人，我最亲爱的，
就像天上的枝叶一样映入我的眼帘，
那都是你，我看着你依靠在大地上。

我看到太阳将簇簇日光投向你的脸庞，
我向上仰望，认出了你的脚步。
玛蒂尔德，最亲爱的，我的女王，欢迎你！

57

那些说我失去月亮的人在说谎，
那些预言我沙砾一般未来的人在说谎，
他们用冰冷的舌头断言了许多：
他们想要封禁宇宙的花朵。

"不再歌颂美人鱼起伏的琥珀，
除了人民，一无所有。"
他们反复斟酌无尽的文件，
让我的吉他遗忘一切。

我把我们爱情的耀眼长矛投向他们的眼睛，
将你我的心串钉在一起的长矛，
我渴求你的脚印留下的茉莉花，

我在你眼睑下，在没有灯光的夜晚迷失，
当澄明将我笼罩，
我得以重生，成为自己黑暗的主宰。

58

我从文学的一柄柄铁剑中穿梭而过，
像一个来自远方的水手，
不熟悉那些角落，为了歌唱
而歌唱，因为不是为此又如何。

我从苦难的群岛带来了
我的手风琴，也带来狂风，雨浪，
以及大自然万物舒缓的本性：
它们注定了我狂野的心。

所以当文学的牙齿
试图咬住我诚实的脚跟，
我毫无察觉地走过，随风而歌，

向着我童年多雨的仓库，
向着无法言喻的南方寒冷森林，
向着我生命中充满你的芬芳之处。

59
（G. M.）[1]

可怜的诗人们，
生和死以同样阴郁的固执将他们迫害，
而后淹没在无法感知的奢华之中，
献祭于纪念的仪式和葬礼的牙齿。

他们——暗黑如小小的石头——此刻
在傲慢的马匹后面，伸展
行进，终被入侵者所管控，
身处其下属之间，在嘈杂中入睡。

在确定死者已逝之前和之后，
他们用火鸡、猪肉和其他演说家
把葬礼办成一场悲惨的盛宴。

他们窥伺她的死亡，此后又侮辱她的死亡：
只因她的双唇紧闭，
已经无法答之以歌。

1　这首诗是献给智利女诗人加夫列拉·米斯特拉尔（Gabriela
Mistral）的，G. M. 是她名字的缩写。

60

你被想伤害我的人所伤，
原本要用于我身的毒药，
从我的工作中穿越而过，仿佛穿越一张大网，
却将锈迹和失眠留在你的身上。

亲爱的，我不想看到窥伺我的仇恨
在你额前的绚烂月色中闪过。
我不想让他人的怨怼将刀锋
那被遗忘的无用的王冠留在你的梦中。

我走，苦涩的脚步如影随形，
我笑，恐怖的鬼脸模拟我的面孔，
我歌，嫉妒恶语相向，讥笑啃咬。

亲爱的，那就是生活给我的阴影：
仿佛一套空荡荡的衣服，一瘸一拐地追逐着我，
如同一个带着血腥微笑的稻草人。

61

爱情拖拽着它痛苦的尾巴，
长长的静止的荆棘之光，
我们闭上眼睛，因为本无一物，
因为没有任何伤害能将我们分开。

哭泣不是你的双眼的错误：
你的双手没有刺出这柄剑：
你的双脚没有寻找这条道路：
阴郁的蜂蜜抵达了你的心里。

当爱情像巨浪
将我们拍向坚硬的石头，
当爱情用一粒面粉将我们揉搓，

悲伤落在另一张甜美的面孔之上，
于是在爽朗季节的光亮中，
受伤的春日羽化成仙。

62

悲哀如我，悲哀如我们，最亲爱的，
我们只想要爱，彼此相爱，
在众多苦痛之中，却注定
只有我们两个被深深伤害。

我们想要的是你和我，
亲吻的你，秘密面包的我，
只有这些，永恒简单，
直到仇恨从窗而入。

人们憎恨那些不爱我们爱情的人，
也不爱任何其他的爱，他们是不幸的，
就像寥落的客厅里的椅子，

直到他们缠绕在灰烬中，
直到他们威胁的面孔
消失在黯淡的暮色里。

63

我不仅走过荒芜的土地，那里的盐碱石
就像唯一的玫瑰，埋葬在海水中的花朵，
我还走过划冰破雪的河岸。
重重高山峻岭认得我的脚步。

我野蛮的故乡，呼啸作响的混乱的地区，
藤蔓的致命之吻被锁入丛林中，
鸟儿湿漉漉的哀鸣带着颤抖翩然而至，
噢，那充满失落的痛苦和无情的哭泣的地方！

不仅有毒的铜皮是我的，
或者像躺卧的雪白雕像一样伸展的硝石是我的，
还有葡萄园和春天赏赐的樱桃树也是我的，

它们属于我，而我作为一颗黑色粒子
属于干旱的土地和藏于葡萄中的秋日光线，
属于这被雪塔托起的金属家园。

64

我的生命被如此丰厚的爱染成了紫色，
我像盲目的鸟儿一样漫无目的
直至来到你的窗前，我的朋友：
你感到破碎的心的低语。

我从黑暗中攀升到你的胸前，
不存在也不知道，我去往麦田之塔，
我出现只为了生活在你的双手之间，
我从海中升起，朝向你的喜悦。

没有人说出我欠你什么，但我欠你的
清澈透明，亲爱的，我欠你的，
就像生长在阿劳卡尼亚的根系一样，

我欠你的一切无疑繁星密布，
我欠你的就像荒原上的一口井，
时间在其中保留着漂泊的闪电。

65

玛蒂尔德，你在哪里？我看到了，在下方，
在领带和心脏之间，在上方，
肋骨间有着某种忧郁：
因为你突然不在了。

我渴望你的活力之光，
我四处张望，吞噬希望，
我看着没有你的房子的冷清，
只留下悲惨的窗户。

屋顶在纯粹的沉默中
倾听古老的雨水滴下，
倾听羽毛落下，倾听黑夜囚禁的一切：

于是我像一座孤独的房子一样等待着你，
你会回来看我，栖息于我。
否则，我的窗户会感到疼痛。

66

我爱你只因为我爱你，
我从爱你到不爱你，
从不等你的时候等待你，
我的心经历了从冰冷到火焰。

我爱你只因为我爱的是你，
我恨你永无止境，我恳求你又怨恨你，
我迂徙的爱的标准
是像盲人一样看不到你却爱着你。

也许一月的光会耗尽，
它残酷的光线，我的整颗心，
夺走我平静的钥匙。

在这个故事中，只有我会死去，
我会因爱而亡，因为我爱你，
因为我爱你，亲爱的，爱得疯狂猛烈。

67

南方的大雨落在黑岛上，
如同透明却沉重的一颗水滴，
大海张开它冰冷的叶片承接它，
大地察觉了酒杯潮湿的命运。

我的灵魂伴侣，在你的吻中给我
这些海洋的咸味之水，给我这片土地的蜂蜜，
给我被天空的无数嘴唇润湿的芬芳，
还有冬日的大海凛然的耐心。

有东西在呼唤我们，所有的门都自动开启，
水流向窗子讲述漫长的流言，
天空向下生长，触及根系，

白昼就这样编织又解开它的天网，
用时间，盐，低语，成长，道路，
一个女人，一个男人，还有大地上的冬天。

68

（船首饰像）

木头姑娘不是步行而来：
就在那里，她突然坐在砖上，
海边的古老花朵盖住了她的头，
她的目光带着根系般的忧伤。

她立在那里，让视着我们一览无余的生活，
在大地上离开，存在，行走，返回，
白昼让花瓣渐渐褪去颜色。
木头姑娘注视着我们，却没有看见我们。

被古老波涛加冕的女孩，
她就在那里用她消沉的双眼注视着：
她知道我们生活在一张遥远的

时间，水，波浪，声音和雨水织就的大网之中，
不知道我们是否存在，或者我们是不是她的梦境。
这就是木头姑娘的故事。

69

也许不存在就是没有你的存在的存在，
没有你划开正午，
像一朵蓝色的花，没有你稍晚时
穿过雾色和砖块，

没有你手中的光，
那么也许别人看不到金色，
那么也许没人知道它在生长，
就像玫瑰红色的起源，

没有你的存在，最终，没有你
突然的，令人振奋的到来，来了解我的生活，
玫瑰的阵风，风中的小麦，

从那时起，我因你的存在而存在，
从那时起，你存在，我存在，我们存在，
为了爱，我将存在，你将存在，我们将一直存在。

70

也许我负伤前行却没有鲜血淋漓，
沿着你生命中的一道光芒，
在丛林之中我被水阻挡：
瓢泼大雨疾驰而下。

彼时我触摸到和雨水一同下落的心：
在那里我知道你的双眼穿过
我的痛苦的广阔领域，
影子的低语独自响起：

是谁？它是谁？但它没有名字，
那颤动的树叶或暗色水流
在丛林之中，无声无息，在路途之中，

所以，我的爱人，我知道我受伤了，
除了影子无人发声，
流浪的夜，大雨的吻。

71

从悲伤到悲伤，爱情穿过它的座座岛屿
扎根，灌之以泪水，
没有人能够，没有人能够躲避
心的脚步，它无声无息又残忍无比。

所以我和你寻找一个空洞，另一个星球，
在那里，盐不会碰到你的头发，
在那里，痛苦不会因为我的错误而滋长，
在那里，面包的生命没有尽头。

一个被距离和枝叶缠绕的星球，
一片不毛之地，一块残酷而荒芜的石头，
用我们自己的双手筑起坚固的巢穴，

我们想要，没有伤害，没有伤口，没有语言，
这不是爱情，而是一座疯狂的城市，
在这里，眺望台上的人们面色苍白。

72

我的爱人，冬天回到了它的营地，
大地确定好它黄色的礼物，
我们的手拂过遥远的国度，
越过地理的头发。

我们走吧！就今天！前进，车轮，军舰，钟声，
飞机在无尽的白昼中锤炼成钢，
驶向群岛的婚礼气息，
沿着小麦收获的纬度！

来吧，站起来，把头发束起来，攀登，
下落，奔跑，歌唱，和空气一起，和我一起，
让我们登上去往阿拉伯或托科皮亚的火车，

只为了向着遥远的花粉迁徙，
向着由可怜的赤脚君王统治的
破落的盛开着栀子花的城镇中去。

73

你可能还记得那个瘦削的男人，
他像一柄刀一样从黑暗中走来，
他在我们了解之前就已知晓：
他看到了烟，判断它自火而来。

黑发的苍白女人
像来自深渊的鳕鱼一般出现，
他们两人一起打造了一个
全副武装的机器，以对抗爱情。

男人和女人毁坏了山峰和花园，
他们进入河流，爬上城墙，
将惨绝人寰的大炮架上高山。

爱情在那时方知自己名唤爱情。
当我举目望向你的名字，
你的心突然为我铺平了道路。

74

被八月的水打湿的道路
闪耀如同被镌刻在满月之中，
在苹果的爽脆中，
在秋日的果实中。

薄雾，空间或天空，白昼模糊的网
与寒冷的梦境，声音和鱼共同生长，
岛屿的蒸汽与大地争斗不休，
大海在智利的阳光下跳动不停。

万物汇聚如同金属，树叶
躲藏起来，冬天掩盖了它的血统，
我们仅仅是眼盲，永无止境，仅此而已。

仅仅受制于那条隐秘河道，
流动的，旅途的，道路的隐秘河道，再见：
再见，大自然的眼泪潸然落下。

75

这是房子，大海和旗帜。
我们浪迹在其他漫长的城墙上。
我们找不到门，也找不到
无人的迹象，仿佛都没有了生命。

最后房子开启了它的沉默，
我们走进，踏上这个被遗弃的地方，
死去的老鼠，空洞的告别，
管道里的水在哭泣。

哭泣，房子日夜哭泣，
半开半掩的房门，和蜘蛛一起哽咽，
从它黑色的眼睛里掉落而出，

而此刻我们突然让房子恢复了生机，
我们居住其中，它却认不出我们：
它必须绽放，而它已然忘记。

76

迭戈·里维拉[1]以熊一样的耐心
在画中寻找森林的绿宝石
或者朱砂，那突然绽放的血之花朵
在你的肖像中采集了世界之光。

他画你鼻子傲慢的轮廓，
画你放肆的双眼的光芒闪烁，
画月亮都嫉妒的你的指甲，
以及你夏日的皮肤上，西瓜般水润的你的嘴唇。

他将你画成了两个燃烧的火山头，
用火点燃，用爱点燃，用阿劳卡尼亚人的血统点燃，
而在两张金色的泥脸之上，

他用猛火的外壳将你覆盖，
在那里，我双眼的目光
悄悄纠缠沉溺于它的塔楼：你的秀发。

---

1 迭戈·里维拉（Diego Rivera，1886—1957），墨西哥著
   名画家，被誉为墨西哥壁画之父，聂鲁达的好朋友。

77

今天即今天，承载着逝去时光的重量，
背负着一切将成为明日的双翼，
今天是海的南方，水的暮年，
全新的一天由此形成。

过去一日的花瓣聚向
你噘起的嘴，聚向光，聚向月亮，
昨天在你阴暗的街道上一路奔走，
好让我们记住它已逝的容颜。

今天，昨天和明天在行走中流逝，
我们度过一天，如同一头燃烧的母牛，
我们的牛群等候着它们屈指可数的日子，

但时间在你的心中洒下了它的面粉，
我的爱用特木科的泥土建造了一个烤炉：
你是我的灵魂每日的面包。

78

我没有不再，我没有永远。在沙砾中
胜利留下了它迷路的脚步。
我是个甘愿去爱自己同胞的穷人。
我不知道你是谁。我爱你。我不赠送也不售卖荆棘。

也许有人会知道我没有编织
血红的王冠，知道我与嘲弄相抗衡，
知道我的确曾让我的灵魂满溢。
我用鸽子回报卑劣。

我没有绝不，因为我与众不同，
我过去是，现在是，将来也是。
我以瞬息万变的爱情的名义宣告纯粹。

死亡只是一块遗忘之石。
我爱你，我在你的双唇之中亲吻喜悦。
让我们带上薪柴。让火在山上燃起。

夜
晚
▼

Noche

79

夜晚，亲爱的，将你的心与我的心紧紧相连，
让它们在睡梦中战胜黑暗，
就像森林里战斗的双鼓
与浸湿的树叶堆成的厚墙相对抗。

夜间穿行，梦境的灰色余烬
阻隔地上葡萄的丝线，
有着如同不停拖拽着阴影和冰冷石头的
失控火车一般的准时。

因此，亲爱的，请以你心中淹没的天鹅
拍打双翼的那份坚韧
紧紧地捆束我纯粹的移动，

好让我们的梦境仅用一把钥匙，
仅用被阴影关闭的一扇门，
去回答天空中繁星密布的问题。

80

我从旅途和痛苦中归来，我的爱人，
回到你的声音，回到你弹奏吉他时上下翻飞的手，
回到用亲吻打断秋天的火焰，
回到天空中夜的循环往复。

我为所有人祈求面包和统治权，
我为不幸的农民祈求土地，
任何人不要指望我的血液或我的歌声能够停下这
　　一切。
但我无法停止对你的爱，不死不休。

那就奏响宁静月色的华尔兹吧，
船歌在吉他流水般的旋律里响起，
直到我的头在梦中垂下：

我用生命中所有的不眠之夜编织
这处树林中的庇护棚，你的手在其中居住，飞翔，
守护着入睡旅人的良夜。

81

你已属于我。带着你的梦境休憩在我的梦里吧。
爱情，痛苦，劳作，现在都应该入睡了。
夜晚旋转于它隐形的轮子之上，
你在我身旁，纯洁得如沉睡的琥珀一样。

亲爱的，没有别人能与我的梦同眠。
你将离开，我们将一起沿着时光的水流离开。
没有别人会和我一起漫游在阴影之中，
只有你，永生花，永恒的太阳，永恒的月亮。

你的双手已经张开纤细的拳头
任凭温柔的符号漫无目的地飘落，
你的双眼紧闭，如同两只灰色的羽翼。

而我随着你带来的水流，任它裹挟而去：
夜晚，世界，风都将它们的命运缠作一团，
没有你，我不再是我，我只是你的梦。

82

我的爱人，当我关上这扇黑夜的门，
我向你请求，亲爱的，一次穿越黑暗的旅程：
关闭你的梦境，带着你的天空进入我的眼中，
在我的血液中蔓延，如同徜徉在宽阔的河流之中。

再见，再见，残酷的澄澈正坠落在
过去每一天的口袋中，
告别每一道钟表或橙子的光线，
你好啊影子，我不时相伴的朋友！

在这艘船上或在水中，或死亡或新生，
再次结合，沉睡，复活，
我们是夜与血的结合。

我不知道谁生谁死，谁休息或者谁醒来，
但我知道是你的心
将黎明的礼物分发到我的胸膛。

83

亲爱的，夜晚能感觉到你在我身边是如此美好，
隐身在你的梦中，严格的夜行者，
当我解开
如同纠缠混乱的网一般的烦恼。

你不在，你的心在梦中遨游，
但你被放弃的身体就这样呼吸着，
寻找我，却看不见我，完成着我的梦想，
就像一株在阴影中加倍生长的植物。

站起来，你将成为另一个生活在明天的人，
但在黑夜丢失的边界中，
在我们身处其中的存在与不存在中，

在生命之光中，仍有一些东西在向我们靠近，
仿佛阴影的印记
用火焰标记着它的秘密生物。

84

再一次，亲爱的，白天的网扑灭了
工作，轮盘，火焰，鼾息，告别，
我们把正午从光和大地中获得的
摇曳起伏的麦田交给黑夜。

只有月亮在它纯净的场域正中，
支撑着天空河口的柱子，
房间带着一种金色的舒缓，
你的双手穿梭不停，筹备夜色。

噢，亲爱的，噢，夜色，噢，天空的阴影下
难以穿越的河水包围的穹顶，
河流暴涨，淹没了暴风雨中的葡萄，

直到我们仅仅变作一片黑暗之地，
一只承接天空灰烬的酒杯，
一颗在缓慢长河脉动中的水滴。

85

从大海到街道，模糊的雾气弥漫，
如同身处寒冷之中的牛呼出的热气，
长长的水舌聚集，覆盖了
这个月份，它曾许诺我们的生活美好如天堂。

早早到来的秋天，树叶被狂风卷成的蜂巢，
当你的旗帜在城镇上空跃动飞扬，
疯狂的女人们向河流歌唱告别，
马儿向着巴塔哥尼亚嘶鸣狂奔。

你的脸上爬上一株傍晚的藤蔓，
悄然生长，被爱情带至
天空哐啷作响的马蹄铁。

我倾身靠在你夜晚身体的火焰之上，
我爱的不仅是你的乳房，还有
将蓝色血液漫洒在薄雾中的秋日时光。

86

噢，南十字星，噢，芬芳磷火做成的三叶草，
今天你的美丽用四个吻浸入
并穿透了阴影和我的草帽：
月亮因寒冷而圆满。

然后伴随着我的爱，我的爱人，噢，蓝霜色的钻石，
天空的宁静，
镜子，你出现，用你四个酒香浮动的酒窖
填满夜空。

噢，精美纯净的鱼一般流光溢彩的银器，
绿色的十字架，阴影闪耀的欧芹，
注定与天空合而为一的萤火虫，

在我这里歇息吧，让我们闭上双眼。
与人类之夜共眠片刻。
在我身上点亮你星光灿烂的四个数字。

87

三只海鸟，三道闪电，三把剪刀
穿过寒冷的天空，飞向安托法加斯塔，
空气随之颤抖，
万物开始颤抖，如同一面受伤的旗帜。

孤独，给我你无尽源头的标志，
残忍的鸟儿勉强形成的路径，
毫无疑问，
在蜂蜜，音乐，大海，诞生之前的悸动。

（孤独由一张坚定的脸支撑，
像一朵沉重的花，不停伸展
直到将天空纯净的群体包围。）

寒冷的羽翼从大海，从群岛起飞，
飞向智利西北部的沙地。
夜关上了它的天窗。

88

三月带着隐藏的光芒归来，
巨大的鱼儿划过天空，
地上蒸腾的模糊气体悄然前进，
万物一一落入沉寂。

幸运的是，在这场飘忽不定的空气的危机中，
你将海的生命与火的生命汇聚在一起，
冬日船只的灰色航行轨迹，
是爱情在吉他上印下的形状。

噢，亲爱的，你是被美人鱼和泡沫打湿的玫瑰，
你是火焰，舞动，攀爬在无形的梯上，
唤醒失眠隧道中的血液，

让浪花在天空中蒸发殆尽，
让大海忘记了它的货物和狮子，
让世界坠入暗色的网中。

89

当我死去时，我希望你的手覆在我的双眼上：
我希望你那美好双手的光芒和麦穗
再一次将清新传递到我的身体：
感受那份改变我命运的温柔。

我希望你活着，而我在沉睡中等你，
我希望你的耳朵继续聆听风声，
希望你嗅到我们共同热爱的大海的气息，
希望继续漫步在我们走过的沙滩上。

我希望我所爱的一切能够延续，
而我爱你，我将万物歌唱于你，
让你得以继续盛开，绽放，

这样你就能抵达我的爱情指引的一切地方，
这样我的影子就能穿过你的秀发，
这样人们就能了解我歌声的缘起。

90

我想过死去，那一刻我感到寒冷逼近，
终我一生，我只留下了你：
你的嘴就是我在尘世的白天和黑夜，
而你的皮肤是我的亲吻建立的共和国。

那一刻，都结束了，
书籍，友谊，从未停止积累的宝藏，
你我共同建造的透明屋舍：
一切都不复存在，除了你的眼睛。

因为当生活将我们迫害，爱情
只是浪潮里一朵高高飞扬的浪花，
但，当死亡来敲门时，

只有你的目光才能抵挡如此的空虚，
只有你的清澈才能抵御不复存在，
只有你的爱才能驱散阴霾。

91

岁月如细雨般将我们笼罩，
时光没有尽头，枯燥无味，
一根盐做的羽毛触碰了你的面颊，
一道漏雨的水痕侵蚀了我的衣服：

时间分辨不出我的双手
或者你手中的一串甜橙：
生命以雪和锄头取食：
你的生命便是我的生命。

我给予你的生命满载
岁月，就像一串葡萄的丰盈。
粒粒葡萄将回归大地。

即使一路下行，时间仍然存在，
等待着，如雨落于尘埃，
渴求哪怕将不存在的事物一并抹去。

92

我的爱人，如果我死了而你继续活着，
那么我们不要再给痛苦任何领地；
我的爱人，如果你死了而我继续活着，
那么我们生活的所在就是最广阔的领域。

麦田里的尘土，沙滩上的沙子，
时光，漂泊的水，流浪的风，
像遨游的谷物一样裹挟着我们。
我们无法在时光中遇到彼此。

我们相遇的这片草地，
噢，小小的无限！我们物归原主。
但这份爱，亲爱的，并没有结束，

就像它没有出生，
没有死亡，就像一条长河，
只是改变了土壤和河口。

93

如果你的胸膛停止跳动，
如果你的血管中不再有东西燃烧，
如果你口中的声音出逃无法成句，
如果你的双手忘记了飞翔而陷入沉睡，

玛蒂尔德，亲爱的，让你的嘴唇微微张开，
因为那最后一吻必须一直与我同在，
它必须永远停留在你的唇中，
这样它也能伴随着我在死亡的时刻。

我会亲吻着你疯狂冰冷的唇死去，
会拥抱着你身体遗落的果实死去，
会寻觅着你紧闭的双眼中的光芒死去。

于是当大地收到我们的拥抱之时，
我们将交融为同一次死亡，
永远活在亲吻的永恒里。

94

如果我死了，请你为了我带着这纯粹的力量活下去，
以唤醒苍白和寒冷的怒意，
从南方到南方，请抬起你永恒不灭的双眼，
从太阳到太阳，请你的口中响起吉他般的声音。

我不想让你的笑声或脚步动摇，
我不想让我的快乐遗产消逝，
不要对着我的胸膛呼唤，我不在那里。
请你像住进一所房子一样，住进我的缺席。

缺席是如此之大的房子，
在其中你可以穿墙而行，
把画作悬挂在空气之中。

缺席是如此透明的房子，
即使我已死去，我也将看着你继续生活，
如果你过得痛苦，我的爱人，我会再次死去。

95

谁像我们一样相爱？让我们寻找
燃烧的心的古老灰烬，
让我们的吻一一落下，
直到空心的花朵复活。

让我们去爱那耗尽其果实
带着容颜和力量一起落入大地的爱情：
你和我是永不熄灭的光，
是它坚韧不折的纤细花穗。

让新生的苹果的光芒
向着爱情靠近，被漫长的寒冷岁月，
被冰雪和春天，被遗忘和秋天埋葬的爱情，

来自新的伤口开启的清新，
就像在寂静中前行的古老爱情，
穿过埋葬于众人之口的永恒。

96

我想，你爱我的这段时光
会被另一种蓝取代，
另一种皮肤将会覆盖上同样的骨骼，
另一双眼睛会看到春天。

那些束缚这一刻的人中，
那些与烟雾对话的人中，
政府，商人，行人，
没有人在他们的轨迹中继续移动。

戴着眼镜的残忍的神灵将不复存在，
那些带着书本的多毛食肉动物，
那些蚜虫和噼啪作响的鸣虫。

当世界刚刚被洗涤干净，
另一双眼睛将在水中诞生，
小麦将生长，不再流泪。

97

这个时间一定要飞翔，飞向哪里？
没有翅膀，没有飞机，毫无疑问地飞翔：
脚步已悄然而过，无法挽回，
乘客的双脚没有抬起。

~~每时每刻都要~~
像雄鹰，像苍蝇，像白昼一样飞翔，
必须征服土星之眼
并在那里建立新钟。

鞋子和道路已经不再充足，
大地对流浪者已经不再有用，
树根已经穿透黑夜，

你将出现在另一颗星上，
注定转瞬即逝，
最终化作一朵罂粟。

98

这个词，这张由一只手化成的
千手写下的纸，
没有留在你的身体，它对梦无益，
它落于地上：在那里继续。

光芒或者赞美从酒杯中溢出，
没有关系，
如果那是酒水不屈不挠的颤抖，
如果让你的嘴唇染上了苋菜的颜色。

不再要迟来的音节，
不再要礁石从我的回忆中
带来和再现的东西，愤怒的泡沫，

只想写下你的名字。
即使我阴郁的爱让它沉默，
春天在稍晚的时候也会将它说出。

99

别的日子会到来，植物和行星的沉默
终将被理解，
多少纯洁的事情将会发生！
小提琴将散发出月亮的气息！

面包也许会和你一样：
它会拥有你的声音，你小麦般的品格，
还有其他事物也会用你的声音说话：
迷失在秋日的马儿们。

尽管这可能与预设的不同，
爱情将装满巨大的木桶，
就像牧羊人古老的蜂蜜，

而你在我内心的尘埃里
（那里有宽阔的仓储之地），
你会在颗颗西瓜中往返穿梭。

100

在大地之中，我推开
翡翠，以便看到你
像信使一样握着蘸水笔
临摹谷穗的模样。

多么美好的世界！多么深奥的欧芹！
多么美妙的航行在甜蜜之中的船只！
你或者我，也许是一块黄玉！
钟声中不再有分歧。

除了自由的空气，再无其他，
乘风而行的苹果，
茂密枝叶中美味的书籍，

在康乃馨呼吸的地方，
我们将制作一套服装，
能够承托胜利之吻的永恒。

诺贝尔文学奖获奖演讲

Pablo Neruda – Discurso Nobel

朝着那灿烂辉煌的城市

　　我的演讲将是一次漫长的跨越之旅，是我个人在遥远的地球另一端的一场旅行，那里与北部的风景和孤独别无二致——我指的是我国的极南之地。我们智利人身居偏远，甚至我们的国境已经触碰到南极，在地理位置上我们与瑞典有着相似之处，因为瑞典的头顶也触及地球北部的雪域。

　　一些早已被人遗忘的事情使得我穿越祖国的那片广袤土地，我需要穿越安第斯山脉以寻找智利与阿根廷的边界。森林像隧道一样覆盖着人迹罕至的地区，由于我们所走的道路非常隐蔽，而且禁止通行，所以只有非常模糊的方向标志可以参照。没有前人的足迹，也没有路，我和四个同伴一起骑马而行，在起伏的马队中一路寻找——我们清除了参天大树的障碍，穿过了难以逾越的河流，越过了嶙峋密布的岩石，走过了荒凉的雪地，与其说是寻找，不如说是一路猜测摸索着我自己的自由之路。我同行的旅伴认得方向，他们知道漫山遍野的枝叶通向哪里，但为了安全起见，他们骑在马上，用砍刀在一处又一处的树皮上做记号，留下痕迹，以便在他们回程时作为指引，而那时我将独自面对我的命运。

我们每个人都在无边无际的孤独中全力前行，在树木葱郁和白雪皑皑的寂静中，在巨大的爬藤和沉积了数百年的腐殖土上，在突然倒下成为一道新的阻碍的树干间。万物既是令人眼花缭乱的神秘自然，也是越发迫切的寒冷、大雪和迫害的威胁。一切都交织在一起：孤独、危险、寂静以及我使命的紧迫感。

有时，我们沿着一串微不可察的足迹前行，足迹也许是走私者或逃亡的罪犯留下的，我们不知道其中许多人是否已经丧生于冬日的严寒和巨大的暴风雪。当暴雪在安第斯山脉倾泻而下时，行人会被裹挟其中，随即被埋入七层楼高的皑皑白雪之中。

在足迹两旁的荒野之上，我看到了某种好像人类建筑的东西：那是无数个冬日累积的树枝，是成百上千旅人的草木祭品，是纪念逝者的高高的木坟，让人们想起那些无法继续前行、长埋于雪下的人。我的同伴也用砍刀砍下了触碰我们头顶的树枝，它们或者从高大的松树上落下，或者从栎树上落下，冬日的暴风雪还没有来临，树梢上的叶子已经开始颤抖不停。我也在每个木坟前留下了纪念品——一块木牌、一根从森林里砍下的树枝——借以装饰一个又一个陌生旅人的坟墓。

我们还要穿过一条河。那些发源于安第斯山脉之巅的溪流汹涌而下，来势迅猛，席卷一切，随即变为瀑布，以其倾泻自高山的能量和速度冲垮土地和岩石：但这一次，我们碰到的是一段和缓的河流，一处浅滩，因此水面平静如镜。马跃入水中，马腿立即没入河水，马向对岸游去。顷刻之间，我的马几乎完全被水淹没，我失去支撑开始在马背上摇晃，我的两只脚全力对抗水流，而我的马则努力保持头部露出水面。就这样我们过了河。在我们到达对岸时，陪同我的向导——几位当地的农民——笑着问我：

"您刚才害怕了吧？"

"非常害怕。我觉得差点就死了。"我说。

"我们刚刚一直手拿着套索在您身后的。"他们回答道。

"就在那儿，"其中一个人补充道，"我父

亲就是在那儿落水的，然后被水流冲走了。您不会经历那种事的。"

我们继续前行，直到进入一条天然隧道，隧道也许是水量丰沛的河流在巨大的岩石上冲击形成的，也许是某次地震在高处打造了这条由被侵蚀的石头和花岗岩构成的通道。我们走进了隧道。走了几步后，马匹开始打滑，它们竭力在高低不平的石头上站稳，马蹄一次又一次弯折，马蹄铁都迸出了火花；我不止一次被甩下马，仰面瘫在岩石上。我的马的鼻子和蹄子都出血了，但我们还是坚定地在这条宽阔、壮丽又艰难的路上继续前行。

在那片荒芜的丛林中正有什么在等待着我们。突然之间，宛如奇异的幻象一般，我们来到了依偎在群山怀抱中的一小片精美的草地之上：那里河水清澈，绿草如茵，野花遍布，小河潺潺，头上是湛蓝的天空，以及没有任何枝叶遮挡的绚烂阳光。

我们驻足观望，宛如身处一个魔法阵之中，又仿佛来到一处神圣之地做客，而更神圣的是我参加的仪式。向导们翻身下马。在场地的中央放置着一个牛头骨，仿佛举行仪式一般。我的同伴一个接一个默默地走过去，在牛骨的孔洞中留下一些硬币和食物。我也加入了这场供奉的队伍中，这场仪式为那些能在死去的牛的眼眶中找到面包和帮助的迷路的旅行者以及各色逃亡者而准备。

但令人难忘的仪式并未就此结束。我的乡村朋友们摘下帽子，开始跳起一种奇怪的舞蹈，他们绕着牛头骨单脚跳跃，复刻着他人此前在这里跳舞留下的环形轨迹。那一刻我才隐约明白，在我那些难以捉摸的同伴身边，存在着一种陌生人与陌生人之间的交流，即使在这个世界上最遥远、最偏僻的地方，也存在着关怀、请求和回应。

继续前行，我们已经快要越过国界——从那里开始，我将开启多年远离祖国的生活。我们在夜里到达了群山之中最后的峡谷。突然，我们看到一点火光，这说明附近一定有人居住。我们走近后看到了一些简陋的建筑，是一些似乎空无一人的杂乱棚屋。我们走进其中一间，在火光的映照下，我们看到房屋中央有巨大的烧着的树干，这些树干日夜燃烧不停，从屋顶的缝隙中冒出的浓烟在黑暗中游荡，就像一层厚厚的蓝色面纱。

我们看到很多堆起来的干酪，那是人们在高地上制作凝结的。在火堆旁，几个人像麻袋一样躺在那里。我们在寂静中辨认出吉他的弦声和歌词，歌声来自炭火和黑暗，一路走来我们第一次听到了人类的声音。那是一首关于爱与距离的歌曲，一首爱与怀念的哀歌，对遥远的春天，对我们一路走来的城市，对无限广阔的生命。他们不知道我们是谁，他们对逃亡者一无所知，他们没听过我的诗也没听我的名字。或者他们听过？实际情况是，我们在火堆旁唱歌、吃饭，然后走进黑暗之中那些简陋的房间。一条火山温泉流过这些房间，我们浸泡在泉水里，来自重重山脉的热浪将我们拥入怀中。

我们高兴地拍打着水花，尽情释放自己，洗去了漫长旅途的疲惫。仿佛接受了洗礼一般，我们感到神清气爽，宛如新生。黎明时分，我们踏上了最后几公里的旅程，从那以后我将离开我的祖国。我们体内仿佛充满了清新的空气，正是这股力量推动着我们朝着等待着我的世界之路前行。我们骑着马唱着歌离开。临行前我们想给山民们一些钱（我清楚地记得这件事），以酬谢他们的歌声、食物、温泉、房间和床铺，或者说，酬谢他们给予我们的出乎意料的庇护所，但他们毫不犹豫地拒绝了。他们给我们提供了一些帮助，仅此而已。在这句"仅此而已"——这句无声的"仅此而已"中，隐含着许多东西，也许是认可，也许是梦想本身。

女士们，先生们：

我没有从书本上学到任何作诗的秘诀；我也不会将任何一句忠告、写作方式或风格印成书本，好让刚开始写诗的人从我这里得到一些所谓的智慧。如果我在这篇演讲中讲述了一些往事，如果我在今天这个与事发地大相径庭的场合重提了一个从未被遗忘的故事，那是因为在我的生命历程中，我总能在某个地方找到我所需要的论断和方式，不是为了让我的话语变得更加强硬有力，而是为了更好地自我表达。

在那段漫长的旅途中，我找到了作诗的技巧。旅途中我得到了大地和灵魂的给养。我认为，诗歌是一种短暂或庄严的行为，这种行为纳入了成双结对的孤独与团结、情感与行动、个人的内心世界、人与人之间的亲密关系以及大自然的秘密启示。我同样坚信，在一个不断扩大的群体中，在一种将现实与梦想永远融合在一起的活动中，一切都会持续下去——人与他的影子、人与他的态度、人与他的诗歌，因为诗歌会以这种方式将它们结合并融合到一起。同样，这么多年后我还是不知道，那些我在穿越一条湍急的河流时、在围着一头牛的头骨跳舞时、在最高海拔上净化纯洁的水中沐浴皮肤时得到的启示，我不知道它们是来自我的内心并用以此后和其他的生灵交流，还是他人作为要求或召唤向我发出的信息。我不知道那是我亲身经历的，还是我写出来的，我不知道它们是真理还是诗歌，是过渡还是永恒，是我当时经历的诗句，还是我后来吟唱的经历。

朋友们，从这一切中，我们可以看出诗人必须向其他人学习的一课：没有坚不可摧的孤独。所有的道路都通向同一个终点：我们的交流。我们必须穿过孤独和坎坷，穿过隔绝和寂静才能到达奇幻之地，在那里，我们可以笨拙地舞蹈，也可以忧郁地歌唱，而在这种舞蹈或歌唱中，最古老的意识的仪式得以完成：作为人的意识和信仰共同命运的意识。

事实上，尽管有人或者许多人认为我是一个宗派主义者，认为我不可能参加友谊和责任的共同宴席，我也不想为自己辩解，我不认为诗人有指责或辩解的义务。毕竟，没有诗人是诗歌的管理者，如果有诗人止步于指责他的同行，或者如果有诗人认为他可以耗费终生为自己辩护，为合理的或荒谬的责难辩解，我坚信走向这种极端只能是虚荣心作祟。我认为，诗歌的敌人不在那些写诗或守护诗歌的人中间，而是诗人缺乏和谐。因此，诗人最根本的敌人莫过于他自己无法理解同时代那些最被忽视与剥削的人，而这一点适用于所有时代和所有地域。

诗人不是"小上帝"。不，绝不是"小上帝"。他并没有比那些从事其他工作和行业的人更高贵的命运。我常常说，最好的诗人是每天为我们供应面包的人：我们最熟悉的面包师，他不自以为是上帝。他把揉面、送入烤箱、烘烤和每天提供面包作为一项社区义务，履行着自己庄严而谦卑的职责。如果诗人具备了这种简单的意识，那么这也可以成为一种宏伟的工艺的一部分，成为一种简单或复杂的建设的一部分，即社会的构建、人类周围环境的改变、人类商品的交付：面包、真理、美酒、梦想。如果诗人加入这场永无止境的斗争之中，将每个人的承诺、奉献和柔情交到他人手中，投入每一天和所有人的共同工作中，那么诗人就会参与其中，我们诗人就会参与全人类整体的汗水、面包、美酒和梦想之中。只有通过这条普通人恒定的道路，我们才能恢复诗歌的广阔天地，每个时代赋予它的广阔天地，而我们自己也在每个时代中为诗歌创造一个广阔天地。

错误让我找到了相对真理，而真理又一再让我回到错误之中，两者都不能——我自己也从未奢望能够——指引、教授所谓的创作过程，即教授文学的崎岖道路。但我确实意识到了一点：我们根据自身创造了自己神话中的幽灵。从我们所做或想做的事情的泥浆中，将产生我们未来发展的障碍。我们不可避免地走向现实和现实主义，也就是说，去直接认识我们周围的环境和转变的方式，而后当一切为时已晚时，我们已经建立了一个如此夸张的屏障，以至于扼杀了生命，而不是引导生命的发展和繁荣。我们强迫自己接受现实主义，后来发现其比砖块还重，却没有建筑起所设想的作为我们职责不可分割的一部分的大厦。反之，如果我们设法创造出不可理解的（或少数人能理解的）偶像——历经选择的神秘的偶像，如果我们无视现实及现实的变体，我们就会突然发现自己被一片肮脏的土地包围，被树叶、泥土和云朵的颤动包围，我们的双脚深陷其中，压抑的隔绝状态让我们窒息。

特别是我们，广袤美洲的作家们，我们不停地倾听着用有血有肉的生命来填满这个巨大空间的呼唤。我们清楚地知道自己作为开拓者的义务——同时，在一个无人居住的世界，批判性交流是我们至关重要的责任。那里并不会因为无人居住就不被不公、惩罚和痛苦填满——我们也感到有责任找回那些沉睡在石像中，在被毁坏的古老的纪念碑里，在潘帕斯草原的广阔寂静中，在茂密的丛林中，在雷鸣般歌唱的河流里的古老梦想。我们需要用文字来填补这片缄默的大陆的边界，我们沉醉于这种讲述和命名的任务。也许这就是我自己微不足道的个例，是我成为诗人的决定性原因：在这种情况下，我的夸张言辞、我的大量作品或我经过雕琢的辞藻，只不过是美洲人日常最简单的行为。我的诗歌，每一句都努力成为可触可感的物品，每一行都试图成为一件有用的劳动工具，每一首都希望在空间中成为路径交叉处的标志，或者成为一块石头或木头，以便未来有人可以在上面放置新的标志。

诗人的这些职责——无论它们是否正确，我都将全然恪守。我决定，我在社会中和面对生活时的态度也应该是谦逊地拥护的态度。我是在看到光荣的失败、孤独的胜利和让人迷惑的溃败后做出了这样的决定。在美洲的斗争舞台上，我意识到作为人类的使命无非是加入组织起来的人民的巨大力量中去，带着热血和灵魂、激情和希望加入其中，因为只有在这股洪流中才能诞生作家和人民所需的变革。即使我的立场激起了——而且现在仍然激起或激烈或善意的反对，但事实是对我们这样辽阔和严酷的国家的作家来说，如果我们想让黑暗繁荣，如果我们想让千百万还没有学会阅读我们的作品或者还不会阅读的人、还不知道如何书写或者向我们书写的人能够有尊严地立于世界——毕竟没有尊严就不可能成为完整的人——除此以外，别无他法。

我们继承了遭受了几个世纪惩罚的民族的不幸的生活，那些原本生活在乐土上的民族，那些最纯洁的民族，那些用石头和金属建造了奇迹般的塔楼、制作了璀璨夺目的珠宝的民族：这些民族一夜之间被夷为平地，几个世纪以来被可怕的殖民主义时代摧毁，变得悄无声息，而这些殖民主义如今依然存在。

我们最重要的救星是奋斗和希望。但是，没有孤独的斗争，也没有孤独的希望。每个人身上都汇聚着遥远的时代、惰性、错误、激情、我们时代的紧迫性，还有历史的步伐。但是，如果我曾对美洲大陆的封建历史做出任何贡献，那我又会怎样呢？如果我不为自己在我的祖国目前的变革中发挥了微薄的作用而感到自豪，我又怎么能在瑞典赋予我的荣誉面前欣然接受呢？只要看看美洲的地图，面对着我们周围空间的丰富多样和气象万千，就会明白为什么许多作家拒绝认同昏聩的神灵们赋予美洲民族的耻辱的和被劫掠的过去。

我选择了一条共同承担责任的艰难道路，与

其将个人当作太阳那样星系的中心崇拜，我宁愿谦卑地为一支庞大的军队服务，这支军队有时可能会犯错误，每天都要面对不合时宜的顽固分子以及没有耐心的自大狂徒，但它不会停歇，勇往直前。因为我相信，我作为诗人的职责不仅体现在我对玫瑰和对偶、狂热的爱和无尽的乡愁的深情厚谊里，也体现在我对加诸在我的诗歌中的人类艰巨任务的深切关怀之中。

整整一百年前的今天，一位穷困潦倒又才华横溢的诗人、一个极度绝望的人写下了这样的预言："黎明时分，我们将以炽热的耐心，进入灿烂辉煌的城市。"

我相信预言者兰波的预言。我来自一个默默无闻的省份，一个被刀削般的地理格局隔绝在世界之外的国家。我曾是所有诗人中最离群索居的一个，我的诗歌是地域性的，是痛苦万分的，是阴雨连绵的。但我始终对人类充满信心，也从未失去希望。这也许就是今天我能够带着我的诗歌，还有我的旗帜来到这里的原因。

最后，我必须告诉善良的人们，告诉劳动者和诗人，兰波的那句话表达了整个未来：只要以炽热的耐心，我们就能征服那座灿烂辉煌的城市，它将给所有人带来光明、正义和尊严。

如此，诗歌才不会徒然吟唱。

1971 年 12 月 13 日

译后记

Epílogo

巴勃罗·聂鲁达，智利诗人、外交官、牛津大学文学荣誉博士、智利总统候选人、诺贝尔文学奖获得者……这位加西亚·马尔克斯口中"二十世纪所有语种中最伟大的诗人"，这位哈罗德·布鲁姆笔下"我们时代所有的西半球诗人都无法与他相媲美"的佼佼者，这位在我国诗歌作品译介数量最多的拉美诗人，在他去世的第五十个年头，我们选择再次翻译了他的三部情诗集：年少时让他声名鹊起的《二十首情诗和一首绝望的歌》；最初匿名出版于意大利，十年后才承认其所属的《船长的诗》；以及献给第三任妻子玛蒂尔德·乌鲁蒂亚的《一百首爱的十四行诗》。

　　《二十首情诗和一首绝望的歌》是聂鲁达最著名的诗集之一。1924 年，这部作品出版时诗人还不满 20 岁，诗集中的"爱那么短暂，而遗忘却那么漫长""我要对你／做春天对樱桃树做的事情"等诗句享誉世界、脍炙人口。有人说这部诗集虽然是根据青年诗人的真实情感写成，但它并不是写给某一位女子，而是描绘了一个爱恋的普遍原型；也有人说这二十一首诗歌分别写给两位不同的女子。无论如何，这部作品是作者试图打破个人此前作品的创作风格的新尝试，虽然其中还能看到浪漫主义和现代主义的痕迹，却是从此开始了"聂鲁达主义"[1]的创作时代。

《船长的诗》首次于1952年在意大利出版，正如后来聂鲁达于1963年在智利再版的前言中所写的那样——"为数不多的几册"——首版当时仅印刷了44本。由于这部作品是聂鲁达在与第二任妻子的婚姻关系中为当时的情人、后来的妻子玛蒂尔德所作，所以在最初出版之时聂鲁达选择了匿名。这部诗集创作于诗人流亡欧洲期间，聂鲁达在意大利卡普里岛朋友的白色房子中写下了他和玛蒂尔德的爱恋——那些分别的痛苦和相遇的欢愉。诗集共分为七个部分，前四个部分的主题先后是"爱""欲""怒"以及"生命"，后三个部分由三首长诗构成，分别是《颂歌与萌芽》《婚礼赞》和《途中信札》，其中有热恋也有离别，诗人写看到的景色，写面前的女孩和草木，也写心中的假设，写遥远的童年和故土。

与《船长的诗》不同，《一百首爱的十四行

1　说法出自《拉丁美洲文学史》（北京大学出版社，2001年）。

诗》在前言中就明确指出了将这些诗歌献给玛蒂尔德·乌鲁蒂亚。诗集以时间作为分隔，分为"早晨"（32首）、"中午"（21首）、"午后"（25首）和"夜晚"（22首），寓意他爱恋玛蒂尔德的四个时刻，构成了完整的一天，也构成了循环往复的日日夜夜。诗集中有些作品的意象是《船长的诗》中的延续，此时聂鲁达与玛蒂尔德已经公开恋情，诗中的爱意变得浓烈炽热，虽然也有个别作品致敬前辈，但如火的爱情是这部诗集不争的主题。

聂鲁达的诗歌在我国的译介由来已久，也经历了几个时代的起伏，从政治诗到爱情诗，其作品在我国不同时期的选择性译介都与相应时代的背景息息相关，一定程度上可以说聂鲁达诗歌在我国的译介轨迹是外国文学在我国译介的一个缩影。20世纪50年代我国译介的聂鲁达的政治诗歌铿锵有力，80年代开始翻译过来的他的爱情诗又缠绵悱恻，在不同时期给中国读者带来了大洋彼岸的疾风骤雨以及和风细雨。事实上，那个说着"爱情和义务，是我的两只翅膀"的聂鲁达，那个因其"诗歌以大自然的伟力复苏了一个大陆的命运与梦想"而获得诺贝尔文学奖的聂鲁达，从来不是单纯的爱情诗人或者政治诗人，而是多面的、立体的，也是唯一的。正如赵振江老师在《山岩上的肖像——聂鲁达的爱情·诗·革命》中写下的——"只有一个聂鲁达"。关于诗歌的主题，聂鲁达自己也说过："首先诗人应该写爱情诗。如果一个诗人，他不写男女之间的恋爱的话，这是一个奇怪的诗人，因为人类的男女结合是大地上一件非常美好的事情。如果一个诗人，他不描写自己祖国的土地、天空和海洋的话，也是一个很奇怪的诗人，因为诗人应该向别人显示出事物和人们的本质、天性。"他如此说，也如此拿起了手中的笔——爱情、革命、自然、思考，聂鲁达的诗歌将目光投向一切，见自己也见众生，观照社会也关注自然。即使在面前这本通篇都是写给情人的诗中，我们也能看到"我没有停止为所有人向生活迈进，／向和平迈进，向面包迈进，／但我把你举到我的怀中，／我把你钉在我的吻里""遭受苦难的人们是谁？／我不知道，但是他们是我的同胞。／和我一起来"这样的诗句，男女之爱、家国之爱、自然之爱……聂鲁达深深眷恋着世间的一切——花草和姑娘，故土和自然。

聂鲁达不是现代主义诗人（虽然在他的早期作品中能看到现代主义的影响），他的诗歌中很少使用艰涩的意象，但这并不意味着翻译的过程中没有遇到文化的桎梏，他诗歌中的元素何其丰富：智利的南方阴雨绵绵，黑岛外的大海波涛汹涌，大雾弥漫，藤蔓缠绕，枝叶覆盖……不过所幸，还有洋李清甜。"诗歌是否可译"——多年以来人们争论不休，大概也难有答案，但有一点可以肯定，如果没有诗歌译作，世界上绝大多数的读者终其一生都将与很多优秀的诗歌作品擦肩而过。这也是这本书的初心之一，唯愿在翻译中尽力抹去译者存在的痕迹，以微薄之力，将这位大洋彼岸的伟大诗人的作品尽可能地保留原来的滋味，呈现在我国读者面前，读者如能将原诗的意思和意境感受十之六七，也算是对半个世纪前匆匆故去的诗人的一点遥远的慰藉。

聂鲁达出生在拉美，青年时外驻东南亚，中年遭遇政治通缉历经流亡，晚年更是被推上政治的风口浪尖，其死因至今成谜；他一生交往过很多女人，经历了三次婚姻，足迹遍布三个大洲；聂鲁达的一生算不上平静顺遂，却被俄国作家爱伦堡称为"我见到的少数几个幸福的人之一"。他在不同的人生阶段扮演着不同的社会角色，然而从11岁写下了人生的第一首诗，到19岁出版第一部诗集，从1971年获得诺贝尔文学奖，到1974年去世一年后遗著由妻子全部整理出版，他一直是一位诗人。他的一生写下45部诗集，作品被翻译成超过35种语言，传播到世界上的每一个国家。也许此刻在地球上的某一个角落，就有读者如你我，正捧着一本他的诗集，自由地航行在聂鲁达的精神海洋之上。

"人充满劳绩，但还诗意地栖居在这片大地上"——荷尔德林的这句话，大抵是对聂鲁达跌宕起伏的一生最好的注解。

2023年8月
于厦门大学

图书在版编目（ＣＩＰ）数据

我喜欢你是寂静的：聂鲁达情诗集 /（智）巴勃罗
·聂鲁达（Pablo Neruda）著；王佳祺译. -- 杭州：
浙江教育出版社，2024.4
ISBN 978-7-5722-7577-7

Ⅰ. ①我… Ⅱ. ①巴… ②王… Ⅲ. ①诗集－智利－
现代 Ⅳ. ①I784.25

中国国家版本馆CIP数据核字（2024）第042327号

我喜欢你是寂静的：聂鲁达情诗集

WO XIHUAN NI SHI JIJING DE: NIELUDA QINGSHIJI

[智利] 巴勃罗·聂鲁达 著 王佳祺 译

责任编辑：赵露丹
美术编辑：韩 波
责任校对：马立改
责任印务：时小娟
出版发行：浙江教育出版社
　　　　　（杭州市天目山路 40 号 电话：0571-85170300-80928）
印　　刷：河北鹏润印刷有限公司
开　　本：787mm×1092mm 1/32
成品尺寸：110mm×185mm
印　　张：9.5
字　　数：100000
版　　次：2024 年 4 月第 1 版
印　　次：2024 年 4 月第 1 次印刷
标准书号：ISBN 978-7-5722-7577-7
定　　价：58.00 元

如发现印装质量问题，影响阅读，请联系 010-82069336

在喧嚣的世界里，

坚持以匠人心态认认真真打磨每一本书，

坚持为读者提供

有用、有趣、有品位、有价值的阅读。

愿我们在阅读中相知相遇，在阅读中成长蜕变！

好读，只为优质阅读。

我喜欢你是寂静的：聂鲁达情诗集

策划出品：好读文化　　　　　　监　　制：姚常伟

责任编辑：赵露丹　　　　　　　产品经理：程　斌

营销编辑：陈可心　　　　　　　装帧设计：✖ TT Studio